시로 추억하는 젊은 날

거기, 외로움을 두고 왔다

시로 추억하는 젊은 날

거기, 외로움을 두고 왔다

글·사진 | 현새로

길나섬

청춘의 또 다른 이름은 '구속'이었다.

봄을 보내고 가지에서 떨어진 꽃잎이

바람을 타고 멀리 날아갈 때, 비로소 청춘의 구속도 풀린다.

시, 청량한 바람으로 불어오라

청춘은 뒤돌아보지 않는다. 마을버스처럼 언제나 아는 길만 다니는 학창 시절은 뒤돌아보고 싶지도 않을 만큼 지루하고 단순하다. 그렇게 갑갑한 삶을 막 벗어난 청춘은 과거를 회상하지 않는다. 뒤를 돌아보기는커녕 아무 버스라도 잡아타고 대처로 나가고 싶은 마음이 굴뚝같기 때문이다. 그러나 용수철처럼 뛰쳐나가고만 싶던 청춘도 시내버스, 완행버스, 직행버스, 고속버스를 타고 세상을 유람하다 보면 더는 타 보고 싶은 버스가 없어지는 시절이 온다. 그럴 때 사람들은 어릴 적 다니던 길을 떠올려 보곤 한다. 어린 시절에 나는 무슨 생각을 하며 골목길을 걸었던가. 버스 유리창 너머로 매일 똑같은 풍경을 바라보며 무엇을 꿈꾸었던가. 분명 골목 어귀 어딘가에 예쁜 꽃도 피었던 것 같은데…….

나 역시 그랬다. 인생의 우여곡절을 한참 겪고서 자연스레 내가 지나온 길을 돌아보게 되었다. 순수의 시대이자 불안과 혼돈의 시대였던 청춘의 나날. 그 시절에 나는 무엇을 그리워하고, 무엇에 몰두했던가? 가만히 돌이켜보니 내 젊은 날의 한복판에는 詩가 있었다. 사는 일이 힘에 부치거나 슬프거나 외로울 때, 더러 기쁜 일이 생겼을 때도 시는 언제나 내 곁에 있었다. 지친 나를 다독여 주고, 위로해 주고, 함께 슬퍼하거나 기뻐해 주기도 하면서 말이다.

인천 송도에서 서울로 이사하면서 책장을 정리하다가 손때 묻고 색바랜 시집들을 발견했다. 마치 젊은 날의 화석 같은 그 시집들 속에는 내 청춘의 고뇌와 방황이 고스란히 담겨 있었다. 한동안 잊고 있던 시를 다시 만났을 때, 메말라 가던 나의 가슴이 점점 힘차게 뛰는 것을 느꼈다. 하루하루 스트레스로 가득한 삶에 명징(明澄)한 시어는 편안한 쉼표가 되어 주었다. 커다란 나무그늘에 놓인 벤치 같기도 했다. 그래, 쉬어 가자. 그렇게 시를 한 편씩 읽어 내려가니 내 몸에 흐르던 탁한 피에 산소가 조금씩 공급되는 것 같았다.

푸르고 아름답지만 그만큼 고단했던 청춘을 보내고 인생 2막을 시작
하려는 내 앞에는 천천히 걸어가야 할 또 다른 길이 남아 있다. 지금까
지 삶의 길을 빠른 속도로 내달려 왔다면, 이제부터 갈 길은 속도를 좀
줄이고 여유롭게 가야 할 길이다. 쉬엄쉬엄 자전거를 타듯 주변도 둘러
보면서 말이다. 삶의 전환기를 맞이한 내게 다시 찾아온 시의 언어들은
시원하게 머리카락을 날려 주는 바람과 같다. 앞으로 내가 걸어갈 길에
그 바람이 늘 불어와 준다면 좋겠다.

2016년 새봄에

현새로

1부

그 시절,
내 유년의 윗목

2부

고독한 모든 사람처럼
자유롭게

1부

그 시절, 내 유년의 윗목

엄마 걱정

기형도

열무 삼십 단을 이고
시장에 간 우리 엄마
안 오시네, 해는 시든 지 오래
나는 찬밥처럼 방에 담겨
아무리 천천히 숙제를 해도
엄마 안 오시네, 배추잎 같은 발소리 타박타박
안 들리네, 어둡고 무서워
금간 창틈으로 고요히 빗소리
빈방에 혼자 엎드려 훌쩍거리던

아주 먼 옛날
지금도 내 눈시울 뜨겁게 하는
그 시절, 내 유년의 윗목

엄마만 있으면 돼,
엄마만

어릴 적, 엄마는 늘 일만 했다. 아빠 형제는 4남 3녀, 엄마는 집안의 맏며느리였다. 일 년에 열두 번이 넘는 제사를 지내고, 일찍 세상을 떠난 시어머니 대신 일곱 살밖에 안 된 막내 시동생까지 키우며 농촌 살림을 도맡은 엄마. 그러다 보니 캄캄한 밤이 되어도 호롱불 아래서 바느질을 해야 할 만큼 잠시도 쉴 틈이 없었다. 엄마는 귀여운 막내딸을 하루에 한 번도 다정하게 안아 주지 않았다. 그럴 여유조차 없었을 것이다. 그래도 나는 언제나 엄마의 긴 치맛자락을 부여잡고 곁을 떠나지 않았던 기억이 난다.

그런 엄마가 나를 떠났다. 초등학교 2학년 때였다. 엄마는 아빠를 따라 서울로 가 버렸고, 나는 셋째 언니와 시골에 남겨져 할아버지와 함께 살게 되었다. 그때 생긴 트라우마가 평생을 따라다닌다. 아무리 친한 그 누구라도 언젠가는 나를 버리고 떠날 것이라는 두려움이 내면 깊숙이 자리 잡은 탓에 다른 사람에게 마음 주기가 쉽지 않았다. 헤어짐을 염려해 정 주지 말자는 논리였다. 사랑하는 엄마도 나를 버리고 떠났는데 하물며 타인이야 오죽하겠는가.

베르사유 정원에서 내 유년을 떠올리게 하는 조각상을 보았다. 어딘가를 보고 있는 엄마와 그 곁에서 마음 편히 노는 아이들. 엄마의 눈길이 어디를 향하든, 아이들은 엄마와 옷깃만 닿아 있어도 마음의 평온을 느낀다. 세상에서 제일 불쌍한 사람은 엄마가 없는 아이들이다. 아이들에게 필요한 것은 대궐 같은 집이나 비싼 장난감이 아니다. 그냥 엄마만 있으면 된다. 동구 밖 언덕에 서서 서울에서 엄마가 타고 올 버스를 기다리며 생각했다. 엄마만 있으면 돼. 엄마만 옆에 있으면 육성회비 좀 못 내도 괜찮아. '지금도 내 눈시울을 뜨겁게 하는 그 시절, 내 유년의 윗목'.

옷깃만 닿아 있어도
마음이 평온해지는 존재,
엄마.

담배 연기처럼

신동엽

들길에 떠가는 담배 연기처럼
내 그리움은 흩어져 갔네.

사랑하고 싶은 사람들은
많이 있었지만
멀리 놓고
나는 바라보기만
했었네.

들길에 떠가는
담배 연기처럼
내 그리움은 흩어져 갔네.

위해주고 싶은 가족들은
많이 있었지만
어쩐 일인지?
멀리 놓고 생각만 하다
말았네.

아, 못 다한
이 안창에의 속 상한
드레박질이여.

사랑해 주고 싶은 사람들은
많이 있었지만
하늘은 너무 빨리
나를 손짓했네.

언제이던가
이 들길 지나갈 길손이여

그대의 소맷속
향기로운 바람 드나들거든
아퍼 못 다한
어느 사내의 숨결이라고
가벼운 눈인사나,
보내 다오.

할아버지의
향기로운 바람

새벽 네 시만 되면 할아버지는 담배를 피우셨다. 초등학교도 들어가기 전인 어린 손녀딸이 바로 옆에서 콜콜 자든 말든 상관하지 않으셨다. 그 당시만 해도 담배 연기가 건강에 해롭다는 통념이 없던 시절이었으니 누구를 탓하랴. 내 기억 속의 할아버지와 할머니는 늘 새벽 담배를 태우며 두런두런 이야기를 나누다가 해가 뜨면 할아버지는 논으로 나가시고, 할머니는 아침 준비를 하셨다.

한동안 담배 농사가 유행처럼 번져 온 동네 사람이 그 일에 뛰어든 때가 있었다. 나 같은 어린아이의 손까지 필요했을 만큼 담배 열풍이 대단했다. 그러고 보니 내가 했던 최초의 아르바이트가 담배를 새끼줄에 엮어서 말리는 일이었다. 후텁지근한 비닐하우스 안에 다양한 연령대의 마을 아낙들이 모여 앉아 담배를 앞뒤로 한 장씩 잡고서 새끼줄에 꿰었다. 나 역시 그 틈에 끼어 일손을 보탠 것이다. 혼자서는 엄두도 못 낼 일이었는데, 중학생이었던 육촌 언니가 같이 하자고 해서 덤빈 일이었다. 담배 한 줄 엮어 주는 대가가 10원 정도였던가? 오래되어 기억이 가물가물하다. 하지만 가만히 앉아 있어도 땀이 줄줄 흐르는 그 비닐하우스 속의 열기와 담뱃잎에서 나오는 진 때문에 손가락이 까맣게 변했던 일은 지금도 잊히지 않는다.

할아버지는 동네에서 재배하는 담뱃잎을 얻어다가 직접 말린 다음, 작은 작두로 잘게 썰어 곰방대에 꼭꼭 눌러 담아 피우셨다. 또는 신문지에 담뱃잎을 담고 돌돌 말아서 피우시기도 했다. 그런데 농업도 유행이 있어 담배 농사로 벌어들이는 수익이 줄어들자 사람들은 다른 작물을 키웠다. 그 탓에 할아버지도 담뱃잎을 구하지 못해 담배를 사서 피워야만 했다. 그 당시 '새마을' 담배가 제일 저렴했는데, 담뱃잎이 좀 더 잘게 잘린 것만 다를 뿐 할아버지가 전부터 피우시던 것과 비슷했다. 연세도 드시고 해서 혹시나 하는 마음에 필터가 있는 '거북선'을 한 상자 사다 드리면 싱겁다고 꼭 새마을 담배로 바꿔 피우시던 모습이 아련하다.

문득 생각해 보니 과일주 한 잔만 드셔도 어지러워서 누워 계실 정도로 술을 못 하신 할아버지에게 담배는 유일한 취미였다. '향기로운 바람'이라도 되는 듯 담배를 즐기시던 할아버지는 70대 초반까지도 건강을 잃지 않으셨다. 그러나 야속하게도 '하늘은 너무 빨리 할아버지를 손짓' 했다. 건강하시던 할아버지가 사고로 갑자기 우리 곁을 떠나 버리셨으니 말이다. 마치 '들길에 떠가는 담배 연기처럼', 그렇게.

템스 강변을 걷다가 이 버드나무를 보았다.
고향에서 늘 보던 나무라 반가운 마음에 사진을 찍는데,
멀리서 노부부가 걸어오는 모습이 보였다.
나는 그들이 나무 가까이 올 때까지 기다렸다.
사진 찍는 것을 알아차린 노부부는 더욱더 다정하게
서로 기대며 포즈를 취하는 여유를 보여 주었다.
우리 할아버지, 할머니가 아침마다
이런 얘기, 저런 얘기 나누시던 것처럼,
그분들도 강변을 산책하며 지난 일도 회상하고
자손들에 관한 정담도 나누셨겠지.

조그만 사랑노래

황동규

어제를 동여맨 편지를 받았다.
늘 그대 뒤를 따르던
길 문득 사라지고
길 아닌 것들도 사라지고
여기저기서 어린 날
우리와 놀아주던 돌들이
얼굴을 가리고 박혀 있다.
사랑한다 사랑한다, 추위 환한 저녁 하늘에
찬찬히 깨어진 금들이 보인다
성긴 눈 날린다
땅 어디에 내려앉지 못하고
눈 뜨고 떨며 한없이 떠다니는
몇 송이 눈.

편지, 지난날을
불러내는 마법

'어제를 동여맨 편지를 받았다'

첫 문장이 강렬한 시 중에서 순위를 꼽는다면 이 시가 몇 위 안에 들 것이다. 편지라는 도구 자체가 과거의 선물이지 않은가. 그런 평범한 사실을 이렇게 시적으로 풀어냈다는 사실에 감동하면서 내 보물 상자 속에 꽉 찬 편지들을 떠올린다. 초등학생 때부터 모아 온 편지. 과거를 동여맨 편지는 매일 풀어 봐도 질리지 않는 현재 진행형 선물이다. 한곳에 정착하기 어려운 '노마드 라이프'를 영위하는 현대인은 '짐'이라고 불리는 불필요한 것들을 수없이 버리고 새로운 물건으로 공허함을 채운다. 하지만 몇십 년을 지니고 다녀도 버릴 수 없는 것이 있으니, 내게는 편지가 그렇다.

우리 세대에는 편지가 무척 일반적인 소통 수단이었다. 친한 친구 간에 편지를 주고받는 것은 물론이고, 좋아하는 라디오 프로그램에도 정성스레 쓴 편지나 엽서를 보냈다. 국내는 물론 한 번도 본 적 없는 외국 친구까지 펜팔로 사귀던 세대. 조금 느리지만 그만큼 진중한 마음을 담아 주고받던 편지. 사랑하는 마음을 전하는 편지 한 통에 한껏 기분이 들뜨기도 하고, 이별을 고하는 편지 한 통에 '늘 그대 뒤를 따르던 길'이 '문득 사라지'기도 했으며, 그렇게 부서진 마음은 '땅 어디에 내려앉지 못하고 눈 뜨고 떨며 한없이 떠다니'기도 했을 것이다.

　　내 낡은 여행 가방에는 누렇게 변한 옛날 편지가 한가득 들었다. 그중 가장 오래된 것은 할아버지가 보내신 편지다. 한글 맞춤법이 너무나 생소해서 꼭 조선 시대에 묻어둔 타임캡슐에서 꺼낸 것 같다. 그 낯설면서도 낯익은 할아버지의 편지를 볼 때면 저절로 코끝이 찡해진다. 더불어 할아버지 앞에서 다른 사람의 편지를 읽던 추억도 선명하게 떠오른다. 어릴 적, 동네에 '쿵쿵이 박 서방'이라고 불리던 아저씨가 있었다. 한글을 막 뗀 초등학생 시절, 그 아저씨 아들이 보낸 편지를 내가 읽어 준 적이 있다. 우리 할아버지한테 편지를 읽어 주십사 부탁하러 오셨는데, 할아버지는 손녀가 글을 잘 읽는다는 것을 자랑하고 싶어서 내게 편지를 읽어 보라고 시키곤 하셨다.

　　편지는 마치 오래된 일기처럼 지난날을 현재로 불러내 준다. 그런 편지를 이메일이나 문자 메시지가 아닌, 펜으로 꾹꾹 눌러쓴 '종이 편지'로 주고받았던 추억은 우리 세대에 주어진 커다란 축복임이 틀림없다.

엽서 대신 '인증 샷'을 찍어 안부를 전하는 시대다.

그래서일까? 어쩌다 우체통을 마주치면 안쓰럽다.

'우리와 놀아주던 돌(우체통)들이

얼굴을 가리고 박혀' 있는 것처럼 낯설어서.

머릿속을 떠돌던 말들이 활자가 되어 편지로 나타날 때 느끼던

그 잔잔한 감동을 다시 느껴 보지 못하리라는 안타까움에.

사평역에서

곽재구

막차는 좀처럼 오지 않았다
대합실 밖에는 밤새 송이눈이 쌓이고
흰 보라 수수꽃 눈시린 유리창마다
톱밥난로가 지펴지고 있었다
그믐처럼 몇은 졸고
몇은 감기에 쿨럭이고
그리웠던 순간들을 생각하며 나는
한줌의 톱밥을 불빛 속에 던져주었다
내면 깊숙이 할 말들은 가득해도
청색의 손바닥을 불빛 속에 적셔두고
모두들 아무 말도 하지 않았다
산다는 것이 때론 술에 취한 듯
한 두릅의 굴비 한 광주리의 사과를
만지작거리며 귀향하는 기분으로
침묵해야 한다는 것을
모두들 알고 있었다
오래 앓은 기침소리와
쓴 약 같은 입술담배 연기 속에서

싸륵싸륵 눈꽃은 쌓이고

그래 지금은 모두들

눈꽃의 화음에 귀를 적신다

자정 넘으면

낯설음도 뼈아픔도 다 설원인데

단풍잎 같은 몇 잎의 차창을 달고

밤열차는 또 어디로 흘러가는지

그리웠던 순간을 호명하며 나는

한줌의 눈물을 불빛 속에 던져주었다.

밤 열차는
또 어디로 흘러가는지

기차역의 풍경은 여행의 시작이자 마지막이다. 버스 터미널이나 공항과는 다른 여행의 본질이 기차역에 있다. 특히 밤 열차를 타 본 사람이라면 기차가 주는 그 묘한 설렘을 알 것이다. 저절로 감상에 젖어드는 자신을 발견한 적 있을 것이며, 평소 알지 못했던 감정과 불현듯이 마주치기도 했을 것이다. 혼자 기차를 타고 가면서 미래를 꿈꾸는 일은 좀처럼 없다. 기차를 타고 있는 시점은 현재인데, 이상하게도 생각은 자꾸만 과거를 향해 간다.

내 어린 시절 기차는 시골에서 도시를 연결해 주는 '문명 타임머신'과 같았다. 우리 마을 '전의실'에서 산 넘고 물 건너 한 시간을 걸어가면 온양온천역에 다다랐다. 그곳에서 장항선 완행열차를 탔다. 비싼 급행은 단 한 번도 타 본 적 없다. 기차선로가 단선이어서 급행열차가 지나가기를 기다리다 보면 세 시간이 훌쩍 넘어가 버리기 일쑤였다. 기차 안에서 역무원이 천안의 명물 호두과자를 비롯한 다양한 먹을거리를 팔아도 사 먹을 여유가 없었다. 엄마를 조르고 졸라야 그나마 삶은 달걀 하나라도 얻어먹을 수 있었다. 그렇게 고생고생해서 노량진역에 도착했을 때 맡게 되는 도시의 매연 냄새는 문명의 향기였다. 도로를 내달리는 자동차, 육교, 상점들, 그 모두가 선택받은 소수만이 누리는 커다란 혜택으로 보였다. 나에게 기차역은 문명으로 향하는 요술 문이었다.

KTX를 타면 30분 만에 천안에 도착하는 지금, 그 시절은 호랑이 담배 피우던 시절의 이야기가 되어 버렸다. 그러나 모든 것이 빠르게만 돌아가는 세상은 종종 사람을 지치게 한다. 사는 일이 고단할 때, 어디로 흘러가는지도 모르는 밤 열차를 타고 현실에서 벗어나고 싶었던 적이 누구나 한 번쯤은 있지 않았을까. 세상에 부대끼다 지칠 때면 쉽사리 벗어날 수 없는 이 현실이 꼭 막차를 기다리는 대합실 같다는 생각이 든다. 지친 몸뚱이를 기차에 싣고 어서 먼 곳으로 떠나고 싶지만, 기다리는 마음과 달리 막차는 좀처럼 오지 않는다. 그래도 결국 막차는 온다. 기다림이 너무 지루하다면 '그리웠던 순간을 호명하며' 현실을 견뎌 보자.

King's Cross
Post Card
Brevkort
ВСЕМІРНЫЙ
UNION POS
ОТКРЫТОЕ П

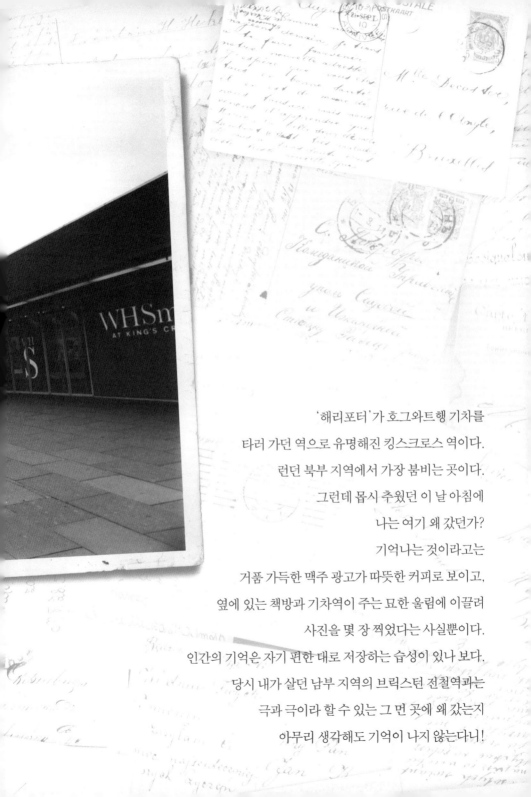

'해리포터'가 호그와트행 기차를
타러 가던 역으로 유명해진 킹스크로스 역이다.
런던 북부 지역에서 가장 붐비는 곳이다.
그런데 몹시 추웠던 이 날 아침에
나는 여기 왜 갔던가?
기억나는 것이라고는
거품 가득한 맥주 광고가 따뜻한 커피로 보이고,
옆에 있는 책방과 기차역이 주는 묘한 울림에 이끌려
사진을 몇 장 찍었다는 사실뿐이다.
인간의 기억은 자기 편한 대로 저장하는 습성이 있나 보다.
당시 내가 살던 남부 지역의 브릭스턴 전철역과는
극과 극이라 할 수 있는 그 먼 곳에 왜 갔는지
아무리 생각해도 기억이 나지 않는다니!

땅끝에 와서

곽재구

황사바람 이는 땅끝에 와서
너를 사랑한다는 한마디 말보다 먼저
한 송이 꽃을 바치고 싶었다
반편인 내가 반편인 너에게
눈물을 글썽이며 히죽 웃으면서
묵묵히 쏟아지는 모래바람을 가슴에 안으며
너는 결국 아무런 말도 없고
다시는 입을 열지 않을 것 같은 바위 앞에서
남은 북쪽 땅끝을 보여주겠다고 외치고 싶었다
해안선을 따라 보이지 않는
누군가의 아우성 소리 끊임없이 일어서고
엉겨 붙은 돌따개비 끝없는 주검 앞에서
사랑보다도 실존보다도 던져 오는
뜨거운 껴안음 하나를 묵도하고 싶었다
더 지껄여 무엇하리 부끄러운 반편의 봄
구두 벗고 물살에 서 있으니
두 눈에 푸르른 강물 고여 온다
언제 다시 이 바다에서 우리 참됨을 얘기하리

언제 다시 이 땅끝에서 우리 껴안아 함께 노래하리
뒹굴다가 뒹굴다가 다투어 피어나는 불빛 진달래 되리

아직도 반편인
우리

'땅끝'이라는 단어에서 뭔지 모를 비장함이 느껴진다. 남쪽 땅끝은 언제라도 마음만 먹으면 가 볼 수 있지만, 북쪽 땅끝은 갈 수 없다. 모두 알다시피 남과 북이 대치하고 있으니까. 남북의 대치 상황은 내 유년 시절에 크나큰 영향을 미쳤다. 지금도 때때로 어느 것이 진실이고 거짓인지 분간하기 어려울 만큼.

어릴 적 내가 살던 곳은 충청남도 온양인데, 희한하게도 라디오에서 북한 방송이 생생하게 잘 나왔다. 온양이 해안가도 아니고 더군다나 휴전선 근처도 아닌데 어쩜 그렇게도 북한 방송이 잘 잡혔는지 모르겠다. 어떤 날 낮에는 국영 방송 KBS마저 나오지 않고, 여기를 틀어도 저기를 틀어도 이상한 억양의 김일성 찬가만 들렸다. 북한 방송은 한마디로 재미없었다. KBS 라디오 프로그램 가운데 그나마 재미있었던 것이 반공 드라마 〈김삿갓 방랑기〉였는데, 이마저 나오지 않고 북한 방송만 들리는 날은 무료한 시골 한낮이 더욱더 지루하게 느껴졌다.

서울 학교로 전학 가서 제일 좋은 점이 그런 북한 방송을 듣지 않아도 된다는 사실이었다. 서울말 쓰는 아나운서나 디제이들의 부드러운 음색과 여러 프로그램에서 들려주는 다양한 노래들은 그야말로 신세계였다. 온종일 아무것도 하지 않고 라디오만 듣고 있어도 심심한 줄 몰랐다. 언니 따라 듣게 된 라디오 드라마 〈창밖의 여자〉는 라디오 앞을 떠나지 못하게 하는 강력한 무선 조종기 같았다. 그러다가 방학 때 시골 할머니 댁에 내려가면 라디오에서는 또다시 재미없는 지역 방송 과 북한 방송만 나왔다. 서울에서 멀어지는 것은 곧 문명에서 멀어지는 일이었다. 자연히 시골 가는 횟수가 점점 줄어들었다.

그 시절 기억 하나 더. 1983년 이웅평 대령이 비행기를 몰고 남한으로 귀순했을 때, 그를 환영하느라 여의도에 갔던 일도 생생하다. 학교에서 강제로 동원해 싫어도 참석할 수밖에 없었다. 그때는 그랬다.

라디오를 틀면 북한 방송이 들리고, 귀순용사 환영 행사에 학생들이 강제 동원되던 일. 남북 대립이라는 상황이 우리의 사고방식 과 일상을 지배하던 시절의 이야기다. 지금은 이 모든 것이 다른 나라 이야기인 듯 낯설고 비현실적이다. 그러나 '반편인 내가 반편인 너에 게' '남은 북쪽 땅끝을 보여' 줄 수 없고, 그 북녘 땅끝에 가서 참됨을 이 야기할 수 없다는 현실이 그때나 지금이나 한 나라에 살고 있음을 증명 한다.

영국 와이트 섬(Isle of Wight)에는
19세기의 초상사진작가 줄리아 마거릿 캐머런의 기념관이 있다.
그곳을 관람하고 나오다가 이 사진을 찍었다.
길 저편이 바다와 만나는 것이 꼭 땅끝 같다.
혼자서 이 외진 곳을 찾아갔을 때 막연히 느낀 비장함이
어쩌면 땅끝과도 같은 저 풍경에서 비롯되었는지도 모르겠다.

조카

곽재구

너를 보면 마음이 슬퍼진다
돌 지나 만 두살 아장아장 걸음마를 배우고
엄마 아빠 또박또박 모국어도 배운다
네 눈에 보이는 세계는 그저 그대로 낙원
너의 사랑스런 세계의 꿈을 위해
회사원인 아버지는 하루품을 버린다
앞마당을 누빌 세발자전거를 사고
정의를 위해 쌍권총을 사고
네가 가지고 싶은 그 모든 낙원을 위해
너의 어머니는 적금을 붓고 밤이면
옛날 이야기와 성경도 들려준다
모든 것을 다 가진 너의 천국을 보면
독한 나의 마음이 슬퍼진다
네 다섯살 적엔 어머니와 아버지를 갖고
네 열살 적엔 선생님과 친구들을 갖겠지
그런데 네 스무살 적엔 무엇을 가질 수 있을까
네 서른살에 무엇 하나 갖고 싶다 말할 수 있을까
네 마흔살에 집 한 칸과 마누라와

들콩 같은 새끼 몇 알을 가졌다고 해서
너는 네가 가질 것의 단 한가지라도
가졌다고 말할 수 있을까
네 눈에 고인 맑은 세계를 보면
마음 외엔 아무 것도 줄 수 없는
삼촌의 오늘이 또 한 번 슬퍼진다

네 마흔 살에 집 한 칸과
마누라와

등기부 등본에 내 이름 석 자를 올리는 일, 지상에서 내 명의로 된 집 한 칸을 갖는 일이 평생 달성해야 할 과업이 되었다. 온갖 사건 · 사고가 난무하는 요즘 세상에 문만 닫으면 그 모든 위험에서 단절되는 나만의 안식처를 갖고자, 우리는 태어나서부터 그렇게 목숨 걸고 공부하고 여기저기 눈치 보면서 소시민으로 살아간다.

온양온천, 현재의 아산 읍내에서 조금 떨어진 현 씨 집성촌에서 자란 나는 권정생의 소설 《몽실 언니》에 나오는 '몽실이'처럼 단발머리를 하고, 책을 보자기에 싸서 허리춤에 매고 다녔다. 그곳에서는 '이사'라는 것이 무엇인지도 몰랐다. 그러다가 초등학교 4학년 때 서울로 전학 오면서 천지가 개벽하듯 내 인생이 달라졌다.

도시와 농촌의 격차가 워낙 심했던 때라 도시 생활을 시작할 때의 충격이 예상을 뛰어넘었다. 충청도 사투리라는 '언어 장벽'에다 상대적 빈곤감까지 들어 정신을 차릴 수가 없었다. 시골에서는 잘 살고 못 사는 집이 다 거기서 거기인데 서울 사람들의 빈부 격차는 아주 극명했다. 그 유명한 봉천동 달동네와 남부순환도로 주변 신흥 중산층의 새집들. 우리는 그 중간 언저리쯤에 세를 들어 살았다. 1981년 임대

차 보호법이 제정되기 전이라 거의 일 년에 한 번씩 이사를 해야 했고, 부동산 열풍으로 전셋값과 집값은 해가 바뀔 때마다 몇백만 원씩 뛰었다. 전셋집이라고 해 봐야 지금처럼 세대가 완전히 분리되어 개인의 프라이버시가 보장되는 집도 아니었다. 집주인과 한 현관문을 쓰는 경우가 대부분이었고, 제대로 갖춘 부엌조차 없어서 외벽에 간단히 지붕만 덮어서 부엌으로 써야 하는 열악한 수준의 집이었다. 대자연 속에서 뛰놀던 자유로운 영혼이 도시 빈민으로 전락하면서 나는 드라마 대사처럼 삶의 허무에 빠져들었다. 그렇게 나의 무기력증이 시작되었다.

'네 마흔 살에 집 한 칸과 마누라와'

이 시처럼 나이 마흔에 집 한 칸을 갖는다면 그나마 성공한 인생이라고 할 수 있을까. 그 집 한 칸을 갖고 유지하기 위해 평생을 노력하는 우리의 삶이여……. 진정 '가질 것의 단 한 가지라도 가졌다고 말할 수' 있으려면 우리는 무엇을 더 가져야 할까. 아니, 꼭 가져야만 할까?

영화 〈브레이브 하트〉의 배경이 된 스털링성.
역사의 수많은 비극과 영화를 간직한 채
바람 부는 언덕에서 몇백 년을 버텨온 성 위에 서서
상념에 잠겨 아래를 내려다보았다.
성 아래 언덕에는 운명의 소용돌이에도 아랑곳없이
언덕 위의 하얀 집이 평화롭게 자리 잡고 있었다.
'네가 가지고 싶은 그 모든 낙원'이
그 안에 있을 것만 같았다.

플라타너스

김현승

꿈을 아느냐 네게 물으면,
플라타너스,
너의 머리는 어느덧 파아란 하늘에 젖어 있다.

너는 사모할 줄을 모르나,
플라타너스,
너는 네게 있는 것으로 그늘을 늘인다.

먼 길에 올 제,
홀로 되어 외로울 제,
플라타너스,
너는 그 길을 나와 같이 걸었다.

이제 너의 뿌리 깊이
나의 영혼을 불어넣고 가도 좋으련만,
플라타너스,
나는 너와 함께 신이 아니다 !

수고론 우리의 길이 다하는 어느 날,

플라타너스,

너를 맞아 줄 검은 흙이 먼 곳에 따로이 있느냐 ?

나는 오직 너를 지켜 네 이웃이 되고 싶을 뿐,

그곳은 아름다운 별과 나의 사랑하는 창이 열린 길이다.

나무, 천 년을 사는
위대한 성자

     이 시를 읽을 때면 영상을 보는 듯 떠오르는 장면이 있다. 청명한 하늘이 펼쳐진 너른 들판에 홀로 선 커다란 나무를 향해 걸어가고 있는 내 모습. 끊임없이 시를 암송하면서 천천히, 이리저리 주변을 둘러보기도 하고, 온몸으로 일렁이는 바람을 맞기도 하며, 혹시나 하고 뒤를 돌아보기도 하는 모습. 까닭은 모르겠으나 그런 내 모습이 절로 그려진다.

     내가 나무에 관해 특별한 애정을 느낀 최초의 기억은 초등학교에서 돌아오던 어느 가을날이다. 십 리 길을 걸어 다니던 초등학교 1학년 때, 학교에서 돌아오는 길에 '옥천당'이라는 작은 암자가 있었다. 오래된 향나무 아래 맑은 샘물이 끊임없이 솟아오른다고 해서 그런 이름을 붙였다고 했다. 원래 증조할머니가 암자의 주인이었는데, 돌아가신 뒤에 어느 스님께 빌려드렸다고 한다. 바로 그 옥천당 아래, 수령이 아주 오래된 참나무와 소나무가 줄 지어 서 있었다. 햇볕 쩅쩅한 여름에도 그 길에서는 하늘이 안 보일 만큼 숲이 우거졌다. 그런데 워낙 송충이가 많이 떨어진다고 해서 그 길을 지날 때마다 100m 달리기 시합이라도 하듯이 있는 힘을 다해 내달리곤 했다. 그 소나무 길 끝에 서 있던 상수리나무가 가을이면 그렇게 아름답게 물들 수가 없었다. 걸어서 10

분도 더 걸릴 만큼 멀찍이 떨어진 신작로에서도 곱게 단풍 든 그 모습이 보일 정도로 풍성한 아름드리나무였다. 어린 마음에도 그 모양이 참으로 예쁘다는 생각을 했다. 아마도 내가 자연의 아름다움에 눈뜬 최초의 대상이 아니었을까 싶다.

인상적인 나무에 관한 두 번째 기억은 봉천천에 줄지어 서 있던 가로수들이다. 1978년 남부순환도로가 개통되었을 때, 그 옆 봉천천에는 수양버들이 능청능청거리며 늘어서 있었다. 개통 당시 남부순환도로는 왕복 4차선 도로였는데, 길 가운데에 일렬로 선 가로수들이 중앙분리대 구실을 했다. 가장자리에는 자전거 도로까지 분리되어 있어 참 편리했다. 중앙분리대에 자전거 도로와 인도까지, 가로수가 네 줄이나 되는 그 길은 굉장히 아름답고 운치 있었다. 봉천동과 신림동에서 살았던 나는 그 길을 따라 자전거도 타고 학교도 다녔다. 그곳에 가로수로 심어진 나무들은 대부분 플라타너스였다. 어느 해 극심한 가뭄으로 가로수들이 말라 죽는다는 얘기를 듣고는 어린 마음에 나무가 걱정돼 집에서 물을 떠다가 가로수에 부어 준 기억이 난다. 그러나 그때의 애정 어린 나무들이 지금은 없다. 어느 날 봉천천이 복개되면서 아름답던 버드나무 가로수가 사라져 버렸다. 교통량이 늘면서 자전거 도로마저 일반 도로가 되어 삭막하게 변해 버렸다.

　　백 년도 못 사는 인간의 유한한 생명을 생각해 본다. 나무는 천 년을 살기도 한다. 나무는 성자와 같다. 인간과 동일한 시간의 잣대를 댈 수 없다. 나무는 위대한 영혼의 소유자다. 나무에는 신령한 기운이 깃들어 있음이 틀림없다. 그렇기에 우리나라 서낭당이나 힌두교 사원에서 나무에 소원을 비는 것이 아니겠는가. 나 역시 커다란 나무를 보면 경외심이 절로 든다. 그래서 어디를 가든 아름드리나무가 있는 공간을 유심히 살펴보는 경향이 있다. 그리고 마음속으로 나무에게 말을 걸기도 한다. 오랫동안 인간사의 수많은 비밀을 보았을 나무에게 고맙다고. 쓸데없이 말을 만들어 인간사에 분란을 일으키지도 않고, 그저 조용히 지켜보고만 있어 주어서 정말 고맙다고 말이다.

'홀로 되어 외로울 제' 한 나무를 만났다.
베르사유 정원 구석, 관광객의 소란스러운 발걸음이 닿지 않는 곳.
홀로 거친 폭풍우를 견디다 쓰러졌지만, 생을 포기하지 않은 나무.
무거운 가지를 아래로 내려놓고 생명을 이어가고 있었다.
그 대견한 나무의 '뿌리 깊이 나의 영혼을 불어넣고'
나는 서울로 돌아 왔다.
나의 나무여, 여전히 잘 있느냐?

신의 연습장 위에

김승희

나는 하나의 희미한 물음표,
어느 하늘, 덧없는 공책 위에,
신이 쓰다버린 모호한 문장처럼
영원히 결론에 이르지
못하는
나는 하나의 병든 물음표,

뒤주 안에 갇힌 왕자가
어둠속에 날아다니는 들불 도깨비불에
홀려
퍼얼펄 옷을 찢어버릴 때의
피의 급류처럼
때때로 내몸 속으로도 그런 광기 젖은
물음표의 급류들이 뚫고
지나가느니……

신령님이 세상과 하늘에 대해
가장 붉은 글을 적으실 때에

흰 뼈

내 두개골의 가장 무심한 흰 뼈를
그의 연필심으로 바치고 싶었었지,
그리고 나머지 나의 몸은
강물 어느 모든 강물위에 누워
말없음표처럼
평화를 사랑하리라고……

나는 하나의 초라한 물음표,
신의 나라에는, 물음표 가진 문장이
필요없다 하여서,
나는 하나의
더디 지워지는…… 울음표…….

인간은 모두
물음표 같은 존재

초등학교에 입학하기 전후로 집에서 몇 번인가 굿을 한 기억이 난다. 당시 굿하던 장면을 정확하게 묘사할 수는 없지만, 텔레비전에서 흔히 보던 전형적인 모습은 아니었다. 무당이 화려한 옷을 입고 격하게 춤을 추는 대신, 세 사람 정도가 방 안에 앉아서 밤새도록 경을 읽고 주문을 외우는 것이 다였다. 집에서 굿을 한 이유는 잘 모르겠다. 누가 아팠거나 집안의 우환을 털어내기 위함이었으리라 짐작할 뿐. 굿을 한다고 모든 문제가 뚝딱 해결되는 것은 아닐 터. 그렇지만 굿을 하는 사람들은 그렇게라도 해서 방법을 찾고 싶었을 것이다. 어쩌면 굿은 운명에 굴복하기 전에 신에게 도움을 청하는 마지막 수단이었는지도 모르겠다.

중학생 때 과학 선생님이 "신이라는 외계인이 지구에 생명의 씨앗을 뿌리고, 어떻게 변하는지 관찰하고 있을지도 모른다."는 말을 했다. 그때 그 말이 얼마나 충격적이었던지……. 정말로 그렇다면 우리는 지구라는 행성에서 행해지는 실험 대상으로서 존재한다는 이야기가 아닌가. 마치 인간이 실험실에서 흰쥐를 가지고 온갖 실험을 하듯이 말이다. 하지만 외계인이 우리를 관찰하고 있다면 자신들의 예측대로 되지 않는 실험 결과에 적잖이 당황하고 있을지도 모르는 일이다. '신의

나라에는, 물음표 가진 문장이 필요 없다' 지만 인간은 모두 물음표 같은
존재니까.

혼자 영국을 3주쯤 여행한 적이 있다.
북쪽 에든버러에서 남쪽 와이트 섬까지.
그 중간쯤에 있는 호수 지방에 갔다가
유서 깊은 저택을 관광했다.
정원이 아름다운 곳이었는데,
나는 배배 꼬인 이 나뭇가지가 유독 인상 깊었다.
여기저기 서로 엉켜서 자라고 있지만,
그 틈새마다 따사로운 햇살이 스미고 있었다.
마치 우리네 인생을 보는 듯했다.
아무리 복잡하게 얽힌 문제라 해도
그 틈에는 반드시 해결책이 있기 마련이므로.

질투는 나의 힘

기형도

아주 오랜 세월이 흐른 뒤에

힘없는 책갈피는 이 종이를 떨어뜨리리

그때 내 마음은 너무나 많은 공장을 세웠으니

어리석게도 그토록 기록할 것이 많았구나

구름 밑을 천천히 쏘다니는 개처럼

지칠 줄 모르고 공중에서 머뭇거렸구나

나 가진 것 탄식밖에 없어

저녁 거리마다 물끄러미 청춘을 세워두고

살아온 날들을 신기하게 세어보았으니

그 누구도 나를 두려워하지 않았으니

내 희망의 내용은 질투뿐이었구나

그리하여 나는 우선 여기에 짧은 글을 남겨둔다

나의 생은 미친 듯이 사랑을 찾아 헤매었으나

단 한번도 스스로를 사랑하지 않았노라

스스로 감옥에 갇힌
나를 빼낸 그 한 줄

'단 한 번도 스스로를 사랑하지 않았노라'

한 줄의 시구가 나를 바꿔 놓았다. 아니, 잃어버린 나를 찾게 해 주었다는 말이 옳다. '왕따'가 유행처럼 번져 사회 문제로 떠오르던 때, 나의 학창시절을 돌이켜 보고는 놀란 적이 있다. 그 시절에는 몰랐으나 나 역시 왕따였음을 깨달았기 때문이다. 차이가 있다면 다른 아이들이 나를 따돌린 것이 아니라, 타인이 내 주변에 들어오지 못하도록 스스로 울타리를 높게 쌓아 올렸다는 것뿐.

중학교 1학년 여름, 버지니아 울프의 《댈러웨이 부인》과 《등대로》를 비롯해 단테의 《신곡》, 플로베르의 《보바리 부인》등 제대로 이해하지도 못하는 문학 작품을 닥치는 대로 읽으면서 지적인 우월함에 빠져들었다. 도서관 근처에도 가지 않는 친구들을 보면서, 수준 차이가 나서 도저히 대화가 안 된다고 생각했다. 더불어 그 시기부터 팝송에 빠져들기 시작한 나는 빌보드 차트 순위를 1위부터 20위까지 줄줄 외우고 다녔다. 그러다 보니 가요만 좋아하는 아이들과 나눌 공통 대화 역시 부족했다. 하지만 원하는 대로 책을 사고 카세트테이프를 모으기에는 우리 집이 너무 가난했다. 현실과 이상의 차이는 사춘기 소녀를

혼란스럽게 했다. 세상 모든 일이 허무해 보였다. 나는 염세적이며 냉소적인 언행을 일삼았다. 형이하학적인 것은 죄다 우습게 여기고 가치 없는 일로 치부하며 꼴사납게 군 것이다. 심지어 체육 수업 후 땀 흘리는 것조차 너무나 촌스러워 보여 체육을 기피할 정도였으니 말 다했다. 이렇듯 나만의 세계에 금을 긋고는 누구에게도 말 한마디 곱게 하지 않는 나를 좋아할 친구는 없었다. 더러는 이런 까탈스러운 면을 좋아해서 편지를 보내고 넘치는 관심을 보이는 친구도 있었는데, 나는 그마저 시시했다.

돌이켜 보면 그 우스꽝스러운 중학생의 별난 행동은 현실의 약점을 감추기 위한 처세에 지나지 않았다. 집이 좀 가난한 것 말고는 남들과 크게 다를 바 없는 평범한 여학생이었음에도, 그때는 가난이라는 약점이 몸과 마음을 옥죄는 감옥과도 같았다. 감옥. 그렇다. 나를 감옥에서 빼내 준 것은 단 한 번도 진지하게 나 자신을 사랑한 적 없었다는 깨달음이었다. 나를 사랑해야 남도 사랑할 수 있다는 이 평범한 진리를 나는 런던으로 공부하러 떠나서야 깨우쳤다. 아는 사람이라고는 단 한 명도 없이 시작된 런던 생활은 나를 돌아볼 시간을 넘치도록 안겨 주었다. 늘 주변을 감싸고 있던 평범한 일상과 부모님, 형제, 친구, 대한민국…… 물이나 공기처럼 너무나 당연한 것들이 그때만큼 고맙게 느껴진 적이 없다. 중학생 시절의 나는 열 가지 중 하나를 못 가졌을 뿐이었는데, 그 한 가지가 전부인 줄 알고 살았던 것이다. 어리석게도 이미 아홉 가지나 가진 줄도 모르고서.

런던에서 지내는 동안 나는 종종 기형도의 시구처럼 '저녁 거리마다 물끄러미 청춘을 세워두고 살아온 날들을 신기하게 세어 보았'다. 그렇게 나를 알아가던 시간이 사진 공부보다 더 값진 일이었음을 이제 안다.

'아주 오랜 세월이 흐른 뒤에' 이 사진을 다시 보았다.
나 자신을 진정으로 사랑했던 순간의 기록.
런던에서 보낸 시간은 가장 나답게,
내 본능에 제일 충실했던 행복한 시간이었다.
나답게 존재하는 그 모습에 대하여
누구도 비아냥거리지 않아서 행동에 거칠 것이 없었다.

컬러 수업을 담당하신 데이비드 선생님 댁에서
내 모습을 홀로 마주쳤다.
그때, 다시 나를 사랑하는 법을 깨달았다.

한 잎의 여자

오규원

나는 한 여자를 사랑했네. 물푸레나무 한 잎같이 쬐그만 여자, 그 한 잎의 여자를 사랑했네. 물푸레나무 그 한 잎의 솜털, 그 한 잎의 맑음, 그 한 잎의 영혼, 그 한 잎의 눈, 그리고 바람이 불면 보일듯 보일듯한 그 한 잎의 순결과 자유를 사랑했네.

정말로 나는 한 여자를 사랑했네. 여자만을 가진 여자, 여자 아닌 것은 아무것도 안가진 여자, 여자 아니면 아무것도 아닌 여자, 눈물같은 여자, 슬픔같은 여자, 병신같은 여자, 시집같은 여자, 그러나 누구나 영원히 가질 수 없는 여자, 그래서 불행한 여자.

그러나 영원히 나 혼자 가지는 여자, 물푸레나무 그림자같은 슬픈 여자.

우수에 찬
창백한 남자를 좋아했다

한 번 읽으면 마음속으로 자꾸만 읊조리게 되는 시가 있다. 이 시가 그렇다. 읽고 또 읽어도 좋은 느낌. 중학생 시절 첫사랑 같은 시.

그 나이의 사랑은 구체적이지 않았다. 그저 '사랑'이라는 말 그 자체를 사랑했다. 육체적인 사랑이 뭔지도 모르면서 플라토닉한 사랑이 최고라 믿었다. 앙드레 지드의 《좁은 문》은 감동 그 자체였고, 지고지순하거나 헌신적인 사랑이 가장 사랑다운 사랑이었다. 에밀리 브론테의 《폭풍의 언덕》 속 히스클리프처럼 거칠지만 한 여인만 사랑하는 집념이 멋있어 보였고, 이루어지지 않는 사랑이야말로 진정한 사랑이라 여겼다. 〈러브스토리〉나 〈사랑의 스잔나〉처럼 사랑하는 사람이 불치병에 걸려서 세상을 떠나는 내용을 담은 영화가 유행하던 때였다. 완성된 사랑은 사랑이 아니었고, 오직 미완성인 사랑만이 완벽한 사랑으로 여겨지던 순수의 시대. '들장미 소녀' 캔디와 테리우스의 사랑은 항상 엇갈렸고, 〈베르사유의 장미〉 속 오스칼은 사랑하는 사람을 옆에서 지켜보기만 한다. 사랑만을 위한, 사랑 아니면 아무것도 아닌 사랑.

라이너 마리아 릴케가 장미꽃 가시에 찔려 죽었다는 사실이 그의 시보다 더 멋있다고 생각했으니 그야말로 폼에 살고 폼에 죽었던 시절. 진정한 순수 시대의 어리석은 사랑관은 너무 남성적인 사람을 속물로 여겼고, 심지어는 골 빈 사람 취급해 버리기까지 했다. 나는 이 시에 나오는 '여자'를 '남자'로 바꿔도 무관할 정도로 손가락이 희고 길며 우수에 찬 창백한 남자를 좋아했다. 세월이 한참 흐른 뒤에 나는 그런 남자를 만났다. 영국 덜위치 미술관에서 한 남자의 초상을 보았는데, 만화 속 주인공 같은 그 모습을 보자마자 중학생 때 내 이상형이 바로 이런 사람이었다는 생각이 들었다. 그 시절, 나는 남자가 아닌 인간 요정을 사랑한 것일까?

물푸레나무 그 한 잎의 솜털, 그 한 잎의 맑음,

그 한 잎의 영혼, 그 한 잎의 눈, 그리고

바람이 불면 보일듯 보일듯한 그 한 잎의 순결과 자유를 사랑했네.

(원작은 채색화였으나 나는 흑백사진으로 찍었다.)

시, 부질없는 시

정현종

시로서 무엇을 사랑할 수 있고
시로서 무엇을 슬퍼할 수 있으랴
무엇을 얻을 수 있고 시로서
무엇을 버릴 수 있으며
혹은 세울 수 있고
허물어뜨릴 수 있으랴
죽음으로 죽음을 사랑할 수 없고
삶으로 삶을 사랑할 수 없고
슬픔으로 슬픔을 슬퍼 못하고
시로 시를 사랑 못한다면
시로서 무엇을 사랑할 수 있으랴

보아라 깊은 밤에 내린 눈
아무도 본 사람이 없다
아무 발자국도 없다
아 저 혼자 고요하고 맑고
저 혼자 아름답다.

저 혼자 고요하고
맑고 아름답다

중학생 때 막연히 시인이 되고 싶었다. 초등학교 4학년까지 온양 시내에서 십 리 정도 떨어진 시골에서 자란 덕분에 목가적인 시골 풍경이 나의 감성 기반이 되었다. 특히 어느 날 아침에 만난 숲 속 분위기가 나의 뇌리에 깊이 각인되었다. 큰길에서 좀 떨어진 '된펑 밭'에 가려면 자잘한 관목과 소나무 숲 사이로 난 오솔길을 따라 한참을 걸어야 했다. 인위적으로 가꾸지 않은 그 숲에 하얀색, 보라색 도라지꽃이 피어 있고, 샛노란 원추리꽃이 듬성듬성 삐쭉거리며 올라와 햇살을 받으려 애쓰고 있었다. 꽃을 보며 걷는 이른 아침의 오솔길에 아직 마르지 않은 이슬방울이 토톡토톡 헤어지면서 발목을 간질였다. 그 촉감이 지금도 느껴지는 듯하다. 기분 좋게 깡총거리며 풀숲을 헤치고 밭에 도착하니 위쪽에 보랏빛 창포꽃이 한가득 무리 지어 있었다. 희한하게도 이날의 기억은 평생토록 생생하다.

중학교 국어 시간에 그때의 느낌을 시로 쓰고 싶은 충동을 느꼈다. 그러면서 시인이 되기를 꿈꾸었고, 공책 한 권을 따로 사서 백여 편의 시를 쓰기도 했다. 그러나 교내 백일장에서조차 번듯한 상 한 번 타지 못하면서 내게 시 쓰는 재능이 없는 게 아닐까 생각하게 되었다. 그러던 차에 '너는 시보다는 긴 호흡으로 끌어가는 수필이나 소설을 더 잘 쓸 것 같다'는 국어 선생님의 말씀이 결정타가 되었다. 마음속에 '시로써 무엇을 사랑할 수 있고 시로써 무엇을 슬퍼할 수 있으랴' 하는 의문을 품으면서 더는 시를 쓰지 못했다.

그 시절로부터 한참을 달려와 어른이 된 내가 이탈리아를 여행하게 되었다. 이른 아침, 로마의 보르게세 공원을 걸으면서 어릴 적 숲에서 느끼던 그 충만함을 다시 경험했다. 고요한 아침, 눈부신 햇살, 신선한 나무의 향기. 자연의 모든 것이 그 자체로 시였다. 나는 비로소 깨달았다. 꼭 시를 쓰려고 하지 않아도 된다는 사실을. 굳이 언어로 드러내지 않아도 아름다운 것은 '저 혼자 고요하고 맑고 저 혼자 아름답다'. 그것이면 충분하다.

고요한 아침, 눈부신 햇살, 신선한 나무의 향기.

자연의 모든 것이 그 자체로 시였다.

인간은 고독하다

김현승

나로 하여금
세상의 모든 책을 덮게 한
최후의 지혜여,
인간은 고독하다!

우리들의 꿈과 사랑과
모든 광채 있는 것들의 열량을 흡수하여 버리는
최후의 언어여,
인간은 고독하다!

슬픔을 지나,
공포를 넘어,
내 마음의 출렁이는 파도 깊이 가라앉은
아지 못할 깨어진 중량의 침묵이여,
인간은 고독하다!

이상이란 무엇이며
실존이란 무엇인가,

그것들의 현대화란 또 무엇인가,
인간은 고독하다!

고국에서나
이역에서도
그 하늘을 내 검은 머리 위에

고요한 꿈의 이바지같이
내게 딸린 나의 풍물과 같이
이고 가네
이고 넘었네.

고독 그리고
자유로움

'자유로운 모든 사람처럼 고독하게
고독한 모든 사람처럼 자유롭게'
— 슈테판 츠바이크, 《에라스무스》 중에서

1980년에 텔레비전으로 본 우주 과학 다큐멘터리 〈코스모스〉는 나에게 충격 그 자체였다. 나는 어디서 왔는가, 삶이란 무엇인가, 죽음은 끝인가? 사후 세계는 정말 있을까? 그 당시 나는 여러 가지 삶의 근본적인 문제를 고민했지만, 중학생의 그런 고민이나 질문을 상대해주는 사람은 아무도 없었다. 오히려 그 같은 추상적인 이야기를 꺼내면 "개똥철학하고 있네." 하는 대답과 함께 놀림의 대상이 되고는 했다. 그런데 〈코스모스〉는 나의 의문을 논리 정연하게 하나씩 풀어내고 있는 것이 아닌가! 나는 매주 목이 빠지도록 그 프로그램을 기다렸다. 그러고 보니 나는 터틀넥 스웨터를 좋아하는데, 어쩌면 그때 칼 세이건이 그 옷을 입고 출연한 뒤로 쭉 좋아하게 된 것인지도 모르겠다.

무리 지어 다니는 것을 싫어했던 나는 중2 때부터 거의 혼자였다. 단 한 명을 사귀어도 나의 분신처럼 깊게 사귀고 싶었다. 전혜린과 주혜처럼. 그녀처럼 나도 평범하게 살고 싶지 않다고 생각했지만, 나의 모든 여건은 비범함과는 한참 거리가 멀었다. 나는 점점 고독해졌고, 고독하면 할수록 책을 펴 들고 고독 속에 침잠해 들어갔다.

인간은 고독하다. 그 어떤 말도 덧붙일 필요가 없다. 근본적으로 인간은 고독할 수밖에 없는 존재다. 그 고독을 견디고자 사람들은 사랑하고, 결혼하며, 자식을 키운다. 그렇다 한들 실존적인 고독이 없어질까? 지나고 보니 다 부질없는 일이었다. 문제는 그러한 모든 일을 경험해 봐야만 헛되고 헛된 일이 고독을 벗어나려고 노력하는 일임을 깨닫는다는 사실이다. 벗어날 수 없다면 즐기자. 고독한 모든 사람처럼 자유롭게 세상을 탐닉하며 살고 싶다.

영국 브라이턴의 대서양 바닷가.
추운 날씨에 키만큼이나 높이 이는
파도 앞을 걸어가는 남자가 있었다.
고독한 인간의 모습이었으나,
고독에 주눅 들지 않은 담대한 태도였다.

〈코스모스〉는 인간을
거대한 대양 앞에 흩뿌려진 모래알에 비유했다.
우리가 아는 우주는 그 모래알만큼밖에 안 된다는 설명.
우주라는 대양 앞에 인간이 얼마나 미미한 존재인지
단적으로 보여주었다.

노래하고 있었다

신동엽

노래하고 있었다.
달리는 열차 속에
창가 기대앉아
지나가는 풍경
바라보고 있노라면,

잔잔한 물결
양털 같은 세월 위서
너는 노래하고 있었다.

죄없는 사람
가로수 밑 걸으며
또각또각 구둣소리
눈녹아 하늘로 번질 때

하늘은 바람
대지 위 고요

노래하고 있었다,
창가 기대앉아
지나가는 들녘
바라보고 있노라면,

가로수 위
구름 위
보이지 않는 영화로운
미래로의 소리로,

거대한 신은
소맷깃 뿌리며
부처님 같은 얼굴로

내 괴로움 위서
노래하고 있었다.

라디오는 언제나
노래하고 있었다

　　　　　나는 음악 하는 사람들이 늘 존경스럽고 부럽다. 정신과 의사도 해내기 어려운 일을 음악가들이 하고 있다. 음악으로 인해 세상은 평화로워진다. 사람들은 음악을 들으며 위안을 얻는다. 음악과 함께하면 혼자여도 혼자가 아니다.

　　　　　어릴 적부터 라디오를 무척 좋아했다. 예전에는 오로지 FM 방송을 통해서만 제대로 된 음악을 들을 수 있었다. 저녁 여덟 시에 방송하는 〈황인용의 영 팝스〉는 그 당시 나의 종교나 마찬가지였다. 무슨 일이 있어도 들어야만 했다. 전영혁 피디가 직접 나와서 들려주기도 했던 그의 특별한 선곡은 팝송의 신세계였다. 성시완이 진행하는 〈음악이 흐르는 밤에〉도 좋아했는데, 밤잠이 워낙 많아 그 시간쯤이면 아무리 기를 쓰고 안 자려고 해도 쏟아지는 졸음을 참을 수가 없었다. 잠 때문에 심야 방송을 제대로 못 듣는 것이 너무나도 아쉬웠다.

　　　　　엄마는 내가 라디오를 너무 가까이하는 것을 못마땅하게 여겼다. 하지만 나는 라디오에서 흘러나오는 노래를 들으면서 공부해야 집중이 잘 된다고 부득부득 우겨가면서 엄마를 설득했다. 오죽하면 내가 죽으면 라디오도 함께 묻어 달라고 했을까. 조금 과장하자면, 라디오는 나의 전부였다. 할리우드 키드가 아닌 라디오 키드.

대학교 입학 기념으로 언니가 사준 '워크맨'은 밖에서도 라디오를 듣게 해 주는 신기한 보물이었다. 청춘의 고통과 인생의 고독을 함께 나누는 나의 동지이자 분신. 워크맨이 없었다면 수없이 힘들었던 나날을 어떻게 견뎠을까 싶다. 라디오는 언제나 노래하고 있었다. '달리는 열차 속'에서, '양털 같은 세월 위'에서, '가로수 밑'에서 그리고 '내 괴로움 위'에서 언제나 노래하고 있는 라디오는 나의 가장 친한 친구였다.

런던 템스 강변에 있는 로열 페스티벌 홀.
점심마다 무료공연이 펼쳐졌다.
이곳에 가서 힘겨운 유학 생활의 짐을 잠시 내려놓고
음악을 듣다 보면 마음이 진정되었다.
커피 한 잔과 음악이면 충분했다.

2부

고독한 모든 사람처럼
자유롭게

햇빛사냥

장석주

애인은 겨울 벌판을 헤매이고
지쳐서 바다보다 깊은 잠을 허락했다.
어두운 삼십 주야를 폭설이 내리고
하늘은 비극적으로 기울어졌다.
다시 일어나다오, 뿌리깊은 눈썹의
어지러운 꿈을 버리고, 폭설에
덮여 오, 전신을 하얗게 지우며 사라지는 길 위로
돌아와 다오, 밤눈 내리는 세상은
너무나도 오래 되어서 무너질 것 같다.
우리가 어둠 속에 집을 세우고
심장으로 그 집을 밝힌다 해도
무섭게 우는 피는 달랠 수 없다.
가자 애인이여, 햇빛을 잡으러
일어나 보이지 않는 덫들을 찢으며
죽음보다 깊은 강을 건너서 가자.
모든 싸움의 끝인 벌판으로.

또 다른 싸움이
시작되는 벌판으로

스무 살의 내가 한 친구와 즐겨 찾던 만남의 장소는 어이없게도 국립묘지였다. 드디어 법적으로 성인이 되어 자유를 만끽하고 방종을 부려도 이해가 될 나이, 스물. 그 청춘의 기운으로 '일어나 보이지 않는 덫들을 찢으며 죽음보다 깊은 강을 건너서' '모든 싸움의 끝'까지 달려가도 모자랄 판에 우리는 소란한 세상을 벗어나 동작동 국립묘지 그늘에 앉아 있었다. 둘 다 쇼핑을 좋아하지도 않았고, 시끄러운 고고장 같은 곳은 더더욱 싫어했기 때문이다. 그렇다고 투철한 애국심으로 국립묘지를 찾아 참배를 한 것도 아니었다. 그저 어두운 나무 그늘에 앉아 저 앞에 쏟아지는 눈부신 햇살을 바라보며 이야기 나누었을 뿐이다.

그곳에서 우리는 뜨거운 태양의 온기를 느끼며 '뿌리 깊은 눈썹의 어지러운 꿈'을 버릴 것인가, 아니면 꿈을 좇아갈 것인가 의논했다. 같은 주제로 여러 번 이야기했어도 결정을 내리기는 쉽지 않았다. 결국, 우리 고민에 방향을 제시해 준 것은 대한민국에서 고등학교 졸업장만 가지고는 세파를 헤쳐나가기 어렵다는 현실 자각이었다. 오랫동안 심사숙고한 결과, 우리는 다니던 직장을 그만두고 대학 입시 공부를 하기로 결론 내렸다. 그리고 이후 6개월간 서울역 앞 대일학원과 남산 도서관에 청춘을 반납했다. 이듬해에 우리는 비록 원하는 대학은 아니었지만, 나는 영문과에, 친구는 국문과에 진학해서 각자 하고 싶은 공부를 할 수 있게 되었다.

　　입시 공부를 하는 동안에는 그 시간이 꼭 '밤눈 내리는 세상' 같았고, 하늘도 '비극적으로 기울어' 있는 것만 같았다. 반면에 대학은 '모든 싸움의 끝인 벌판'일 것으로 믿었다. 그러나 막상 대학에 들어가 보니 그곳은 싸움이 끝나는 곳이 아니라 또 다른 싸움이 시작되는 벌판이었다. 뜨거운 청춘의 진정한 햇빛사냥이 그때 비로소 시작된 것이었다.

런던의 테이트 모던 미술관에서
올라퍼 엘리아슨의 작품 〈인공 태양〉을 마주했다.
이 놀라운 작품을 멋지게 찍고자 한참 인공 햇빛을 사냥하다가
문득 얼음물에 발을 담근 듯 정신이 번쩍 들었다.
'아! 나는 절대로 이렇게 대단한 작품을 만들지 못하겠구나.'
나의 한계를 느끼자, 그 거대한 공간이 더없이 차갑게 느껴졌다.
그렇다고 내가 가는 길을 멈출 수는 없다.
나는 나다운 작업에 더욱 몰입하면 되는 것이다.

대학 시절

기형도

나무의자 밑에는 버려진 책들이 가득하였다
은백양의 숲은 깊고 아름다웠지만
그곳에서는 나뭇잎조차 무기로 사용되었다
그 아름다운 숲에 이르면 청년들은 각오한 듯
눈을 감고 지나갔다, 돌층계 위에서
나는 플라톤을 읽었다, 그때마다 총성이 울렸다
목련철이 오면 친구들은 감옥과 군대로 흩어졌고
시를 쓰던 후배는 자신이 기관원이라고 털어놓았다
존경하는 교수가 있었으나 그분은 원체 말이 없었다
몇 번의 겨울이 지나자 나는 외톨이가 되었다
그리고 졸업이었다, 대학을 떠나기가 두려웠다

무기력했다,
스스로 비난했다

회색분자. 대학 시절 내내 내 머리를 짓누르고 있던 단어다. 1987년 6.29 선언이 있던 해, 나는 대학교 2학년이었다. 모두 목숨 걸고 데모하던 시절, 넥타이를 맨 직장인까지 거리로 뛰쳐나와 민주주의를 외치는 가운데 나는 홀로 방관자였다. 태생적으로 어떤 단체에 속하는 것이 맞지 않았던 탓이다. 그렇다고 시대의 요구를 모르는 척하며 도서관에 가고 아르바이트를 하면서 마음이 편하기만 한 것도 아니었다. 그래서 그 당시 운동권에 몸담고 있던 친한 후배와 독서 클럽을 만들어 다양한 책을 접하기 시작했다.

책이라고는 교과서와 1950년대 이전 소설만 알고 있던 내게 최인훈의 〈광장〉은 대단한 충격이었다. 내가 아는 지식이 얼마나 보잘것없었는지 확인했을뿐더러 그동안 학교라는 울타리 안에서 배운 것을 송두리째 의심하게 되었다. 이 소설을 접한 뒤로 어설프게나마 '변증법'이니 '마르크스'니 하는 책을 읽기도 했고, 《실천문학》을 창간호부터 사 모으기도 했다. 그런 과정을 통해 부조리한 현실에 차츰 눈뜨게 되었으나, 정작 내가 주체가 되어 저항하지는 못했다. 이처럼 무기력한 자신을 나는 스스로 회색분자라고 비난했다.

이 시를 읽으면 그 당시의 느낌이 고스란히 떠올라 마음이 아릿하다. 어쩌면 이렇게 간결한 시 속에 이토록 많은 사람의 이야기를 품고 있을까. 침묵도, 배신도, 비겁함도 제각각 하나의 사실일 뿐, 그렇게 살 수밖에 없음을 비난하지 않는다. 혼란의 시대, 우리는 모두 각자 맡은 역할에 따라 힘겹게 한 시절을 살아 냈을 뿐이다.

스코틀랜드 박물관 입구에 있는 조각상이다.
피 한 방울 흐르지 않는 딱딱한 조각상임에도 불구하고
내 나약함을 꿰뚫어보는 듯 눈빛이 강렬하다.
전시를 보려고 박물관에 들어서려다가 멈칫 놀라고 말았다.

낙화

이형기

가야 할 때가 언제인가를
분명히 알고 가는 이의
뒷모습은 얼마나 아름다운가.

봄 한철
격정을 인내한
나의 사랑은 지고 있다.

분분한 낙화……
결별이 이룩하는 축복에 싸여
지금은 가야 할 때,

무성한 녹음과 그리고
머지않아 열매 맺는
가을을 향하여

나의 청춘은 꽃답게 죽는다.

헤어지자.
섬세한 손길을 흔들며
하롱하롱 꽃잎이 지는 어느 날

나의 사랑, 나의 결별,
샘터에 물 고이듯 성숙하는
내 영혼의 슬픈 눈.

청춘의 또 다른 이름은
'구속'

'나의 청춘은 꽃답게 죽는다.'

나는 〈낙화〉의 이 구절에서 몸과 마음이 한없이 풀어지는 느낌을 받는다. '맥이 풀렸다'거나 요즘 말로 '정신줄을 놓았다'는 표현을 이럴 때 쓰는구나 하고 고개를 끄덕이게 된다. 위대한 화가의 작품을 감상한 뒤 흥분이 최고조에 달해 정신을 잃고 만다는 스탕달 신드롬을 경험하는 듯하다.

청춘의 절정인 20대 초반, 나는 내 청춘이 꽃답게 죽는다고 느꼈다. 아마도 암울한 미래 때문이었으리라. 대학에 다니며 생활비와 등록금을 버느라 하루하루가 버겁던 시절이었다. 삶이 환희로 가득 차 있기는커녕 살아갈 날이 아득하게만 느껴지던 그때, 머리로는 이 시를 되뇌고, 입으로는 산울림의 노래 〈청춘〉을 흥얼거렸다. '언젠간 가겠지, 푸르른 이 청춘. 지고 또 피는 꽃잎처럼.' 나는 365일 청바지에 셔츠 한 장, 그리고 낡은 점퍼 하나 걸치고 다니기를 좋아했다. 립스틱 한 번 산 적이 없을 정도로 내 청춘은 회색 모드였다.

그때는 기나긴 터널처럼 끝이 안 보이던 청춘이라는 시간이, 지금 돌아보니 어느덧 저만치 뒤에 있다. '봄 한철 격정을 인내한' 나의 청춘, 그 뒤에 맞이한 나의 여름은 과연 녹음이 무성했던가. 생각해 보면 여름을 통과하던 그때도 무성한 녹음을 즐기기보다는 내리쬐는 햇볕이 너무 뜨거워 숨이 막힌다고 불평했던 것 같다. 인생의 가을을 눈앞에 두고 있는 지금, 격정적이었던 봄도 뜨거웠던 여름도 모두 가을에 맺을 열매를 기다리는 시간이었음을 어렴풋이 알겠다.

영국 햄프턴 코트 궁전에서 벽에 바짝 붙어 핀 꽃을 보았다.
인생의 가장 화려한 시절, 내 청춘이 꽃핀 곳 역시
이처럼 아무도 찾지 않는 그늘진 벽이었다.
벽에 묶인 청춘, 그렇다. 청춘의 또 다른 이름은 '구속'이었다.
봄을 보내고 가지에서 떨어진 꽃잎이
바람을 타고 멀리 날아갈 때, 비로소 청춘의 구속도 풀린다.
빛나는 시절을 온전히 누릴 수 없었던 나의 청춘, 이제 헤어지자.
'머지않아 열매 맺는' 인생의 가을을 위하여.

그 여자의 울음은 내 귀를 지나서도
변함없이 울음의 왕국에 있다

정현종

나는 그 여자가 혼자
있을 때도 울지 말았으면 좋겠다
나는 내가 혼자 있을 때 그 여자의
울음을 생각하지 말았으면 좋겠다
그 여자의 울음은 끝까지
자기의 것이고 자기의 왕국임을 나는
알고 있다
나는 그러나 그 여자의 울음을 듣는
내 귀를 사랑한다.

견뎌라,
울음의 왕국에서

울고 싶었다. 일 년 동안 힘들게 아르바이트하느라 공부할 시간도 별로 없이 그저 책만 들고 학교에 왔다 갔다 했다. 어쩌다 시간이 나서 잔디밭에 앉아 해바라기만 해도 뭔가 근사한 일을 하는 것 같은 기분을 느낄 때도 있었지만, 이제 더는 버틸 힘이 없었다. 차비부터 학비까지 전부 내 힘으로 마련해야 했던 그때, 목숨을 부지할 끼니와 안전한 잠자리만 해결했을 뿐, 다음 학기 등록금이 있을 리가 없었다. 그때 나를 살린 것은 음악이었다.

핑크 플로이드의 〈The Great Gig in the Sky〉. 내가 미친 듯이 소리 지르며 울고 싶을 때, 그녀가 심장이라도 터져 괴로운 듯 처절한 울음소리를 내지르고 있었다. '그 여자의 울음은 끝까지 자기의 것이고 자기의 왕국'이었으나, 그 울음을 듣는 나는 그녀에게 고마움을 느꼈다. 마음속에 쌓인 절망과 고독을 어디에도 풀 수 없는 나 같은 사람을 위해 그녀가 대신 울어 주는 것 같았기 때문이다. 초상집에서 상주보다 더 구슬프게 우는 '곡쟁이' 같다고나 할까. 이 노래를 부른 클레어 토리는 진정으로 슬픔이 무엇인지, 인생이 무엇인지 아는 사람임이 틀림없다.

속으로 실컷 울고 난 뒤에 마음에 들어온 음악은 존 앤 반젤리스의 〈The Friends of Mr. Cairo〉다. 실제 전쟁터에서 들려오는 듯한 실감 나는 총소리와 함께 사람들의 다급한 목소리, 부서지는 자동차 소리가 마치 영화의 배경 음악처럼 들리던 노래다. 가사가 어떤 내용인지는 궁금하지도 않았다. 그저 귀청을 울리는 그 소리가 절벽 끝에 간신히 발 딛고 서서 떨어지지 않으려 애쓰는 내게 마지막으로 남은 한 줄의 끈처럼 느껴졌다. 실컷 울고 난 뒤 어느 정도 진정된 마음에 대고 그래도 견디라고 충고하는 것 같았다.

이 외에도 수없이 많은 노래가 내 힘든 청춘을 위로해 주었다. 음악은 나의 가장 가까운 벗이 되었다. 나는 '내 가난을 타인에게 알리지 말라'는 특명이라도 받은 듯 사람들에게서 멀어져 갔다. 심지어 데이트할 돈이 없다는 이유로 남자친구도 멀리했다. 성격상 남자가 밥을 사면 내가 커피라도 사야 직성이 풀리는데, 그럴 수 없었기 때문이다. 지금 생각해 보면 뭐가 그리도 예민했는지…… 어쨌든 음악은 사람과 달랐다. 주머니가 아무리 가벼워도 음악 앞에서는 부끄럽지도, 자존심이 상하지도 않았으니까. 그렇게 나는 음악을 들었고, 음악은 소리 없는 내 울음을 들어 주었다.

런던 타워 브리지 주변 주택가 공원에서 본 조각상이다.

아무도 없었다. 광장을 휘돌아 나가는 바람과

맨살 위에 떨어지는 따가운 햇볕, 지나가는 사람의 무관심.

복잡한 도심 한복판이 황량한 벌판처럼 느껴졌다.

그런 곳에서 울음을 삼킨 채 온몸 부딪혀

세상의 바람을 견디고 있는 이 조각상이 꼭 우리 모습 같았다.

진눈깨비

기형도

때마침 진눈깨비 흩날린다

코트 주머니 속에는 딱딱한 손이 들어 있다

저 눈발은 내가 모르는 거리를 저벅거리며

여태껏 내가 한번도 본 적이 없는

사내들과 건물들 사이를 헤맬 것이다

눈길 위로 사각의 서류 봉투가 떨어진다, 허리를 나는 굽히다 말고

생각한다, 대학을 졸업하면서 참 많은 각오를 했었다

내린다 진눈깨비, 놀랄 것 없다, 변덕이 심한 다리여

이런 귀가길은 어떤 소설에선가 읽은 적이 있다

구두 밑창으로 여러 번 불러낸 추억들이 밟히고

어두운 골목길엔 불켜진 빈 트럭이 정거해 있다

취한 사내들이 쓰러진다, 생각난다 진눈깨비 뿌리던 날

하루종일 버스를 탔던 어린 시절이 있었다

낡고 흰 담벼락 근처에 모여 사람들이 눈을 턴다

진눈깨비 쏟아진다, 갑자기 눈물이 흐른다, 나는 불행하다

이런 것은 아니었다, 나는 일생 몫의 경험을 다했다, 진눈깨비

마지막 한 장은
괜찮겠구나

1863년 1월, 세계 최초로 지하철이 개통된 도시, 런던. 그러나 런던에 살면서 나는 지하철을 거의 타지 않았다. 지하철에는 속도 외에 아무것도 없다. 세상을 보여 주지 않는다. 새로운 세상을 늘 궁금해하는 내게는 성에 차지 않는 교통수단이다. 나는 늘 버스만 타고 다녔다. 이층 버스를 타고 제일 앞자리에 앉아 밖을 내다보면 그 변해가는 풍경이 한 편의 로드무비를 보는 듯했다. 이와 달리 좁은 런던 지하철 안은 답답하고, 창밖에는 어둠만 있을 뿐이었다. 앉을 자리를 잡는 것도 쉽지 않아 지하철에서 책을 읽기도 어려웠다. 나는 남이 버린 신문지도 주워서 볼 정도로 읽기를 즐긴다. 이런 내게 가만히 서 있기만 해야 하는 지하철은 답답함 그 자체였다. 결정적으로 런던 지하철은 비싸다. 아주 비싸다. 1998년, 당시 우리나라 지하철보다 거의 네댓 배는 비쌌던 것으로 기억한다.

'하루 종일 버스를 탔던 어린 시절이 있었다'

나도 그랬다. 서울에 살면서 버스 종점 여행을 취미로 할 만큼 온종일 버스를 타고 다니던 때가 있었다. 버스 여행은 최소 비용으로 다른 세상을 볼 수 있는 최고의 수단이다. 왕복 버스비와 넉넉한 시간만 있으면 지루한 일상에서 탈출할 수 있다. 특히 마음이 허할 때는 차창 밖으로 스치는 별것 아닌 도시 풍경도 색다르게 보여, 없던 감성을 끌어 낸다. 그런 날이면 '갑자기 눈물이 흐른다, 나는 불행하다'는 격한 감정에 휩싸이기도 한다.

영국에서 사진 공부를 하던 시절, 런던 클람프함 정선에서 사진을 찍던 날도 그런 감정의 소용돌이가 일었다. 날씨마저 진눈깨비까지는 아니어도 비가 흩뿌리다가 개고, 으슬으슬 추웠다. 종일 사진을 찍고도 흡족한 무엇인가를 얻지 못해 기운이 쪽 빠진 채로 그곳에 도착했다. 무기력하게 집으로 가는 버스를 갈아타려고 할 때, 갑자기 날이 개면서 햇살이 쏟아지기 시작했다. 순식간에 변해 버린 날씨와 분위기에 이끌려 다시 카메라를 꺼내 들었다. 심장이 쿵쿵거렸다. 이 묘한 기운을 놓칠세라 급하게 카메라를 세팅했다. 셔터를 누르는 순간, '아, 마지막 한 장은 건졌구나.' 하는 확신이 들었다.

런던의 거리거리를 헤매다가 마지막에 얻은 사진이다.
스산하던 그날, 예상치 못한 순간에 잠깐 쏟아진 햇살이
마음에 내리던 축축한 진눈깨비를 싸악 걷어 주었다.

순례의 서

오규원

1

종일
바람에 귀를 갈고 있는 풀잎.
길은 늘 두려운 이마를 열고
우리들을 멈춘 자리에
다시 멈추게 한다.

막막하고 어지럽지만 그러나
고개를 넘으면
전신이 우는 들,
그 들이 기르는 한 사내의
편애와 죽음을 지나

먼 길의 귀 속으로 한 사람씩
떨며 들어가는
영원히 집이 없을 사람들.

바람이 분다, 살아봐야겠다.

2
바람이 분다, 살아봐야겠다.

무엇인가 저기 저 길을 몰고 오는
바람은
저기 저 길을 몰고 오는 바람 속에서
호올로 나부끼는 옷자락은
무엇인가 나에게 다가와 나를 껴안고
나를 오오래 어두운 그림자로 길가에 세워두는 것은
그리고 무엇인가 단 한 마디의 말로
나를 영원히 여기에서 떨게 하는 것은

멈추면서 그리고 나아가면서
나는
저 무엇인가를 사랑하면서.

멈추면서, 나아가면서,
사랑하면서

'바람이 분다, 살아봐야겠다.'

되는 일이 하나도 없어서 실컷 울고 난 뒤, 입술까지 줄줄 흘러내리는 콧물을 풀어 닦으며 마음속에 다짐하는 말이 바로 이 문장이 아닐까. 영화 〈바람과 함께 사라지다〉의 마지막 장면에서 주인공 스칼렛 오하라가 남긴 명대사, '내일은 내일의 태양이 떠오른다(Tomorrow is another day).'와도 맥이 통하는 말이다.

사노라면 누구든 자신을 괴롭히는 무수한 종류의 바람과 맞부딪히게 되어 있다. 그것이 볼을 간질이는 산들바람일 수도 있고, 똑바로 서 있기조차 힘든 강렬한 폭풍일 수도 있고, 몇십 년 만에 한 번 찾아올까 말까 하는 무시무시한 위력의 태풍일 수도 있다. 때로는 너무나 강한 바람 앞에 삶이 송두리째 엎어져 버릴 수도 있다.

생각해 보면 내게도 그런 바람이 여러 번 불어 닥쳤다. 달랑회수권 두 장 들고 학교를 오가느라 밥을 굶기도 했고, 간발의 차이로 사고를 면해 죽을 고비에서 벗어난 적도 있고, 사람을 잘못 믿어 금전적으로 큰 손해를 본 적도 있었다. 희한한 것은 그 고비, 고비마다 누군가가 나에게 도움을 주었다는 사실이다. 천지간에 나 홀로 어둠 속에서 헤매는 것 같을 때도 알게 모르게 나의 손을 잡고 내가 천천히 어둠을 헤쳐나가도록 도와주는 사람이 꼭 한 명은 있었다. 그럼에도 젊었을 때는 아무도 나를 도와주지 않아서 힘들다고 투정을 부렸으니, 그 시절의 나는 참으로 그릇이 작았다.

무엇이든 자기 처지에서만 생각하면 남이 짊어진 배낭만 가벼워 보인다. 다른 사람이 메고 가는 멋진 명품 배낭 속에 천근만근 무거운 쇳덩어리가 들었을 수도 있다. 볼품없이 낡은 데다 자기 몸집보다 훨씬 큰 배낭을 메고 가는 사람이 안 돼 보여도 사실은 그 배낭 안에 깃털만큼 가벼운 솜뭉치가 들었을지도 모르는 일이다. 모두의 배낭을 일일이 풀어헤쳐 보지 않고서야 어찌 알겠는가. 그저 내게 주어진 배낭을 메고 씩씩하게 갈 길을 가다가 옆에서 걷는 이가 짐이 너무 무겁다고 하면 다정하게 손잡아 주면 되는 일이다. 멈추면서, 나아가면서, 사랑하면서.

에든버러 성을 보러 가던 버스 안에서 찍은 사진이다.

도시에서 가장 높은 곳에 자리 잡은 이 성은

그 상징성만큼이나 다양한 사건 사고를 거친 역사의 장이다.

6세기에 지어져 온갖 부침을 겪고도

여전히 제자리에 우뚝 서 있을 수 있는 까닭은

단단한 암반 지형 위에 자리 잡은 덕분이다.

그렇다. 아무리 거친 세파에 시달려도

마음만 단단히 먹으면 헤쳐 나갈 수 있다.

'도전이 크면 응전이 크다'는 토인비의 말처럼

닥치면 누구나 할 수 있는 일이 대부분이다.

힘든 일이 있을 때 마음속으로 되뇐다.

'바람이 분다, 살아봐야겠다.'

어느 해의 유언

신동엽

뭐………·
그리 대단한 거
못되더군요

꽃이 핀 길가에
잠시 머물러 서서

맑은 바람을
마셨어요

모여 온 모습들이 곱다 해도
뭐 그리 대단한 거
아니더군요

없어져
도리하며
살아보겠어요

맑은 바람은

얼마나 편안할까요.

뭐 그리 대단한 거
아니더라

어느 해인가 나도 유언을 써 보려고 한 적 있었다. 하지만 아무리 생각해도 쓸 게 없었다. 유언을 써 내려가면서 남은 사람들에게 뭔가를 나눠 줄 만큼 이루어 놓은 것이 전혀 없었기 때문이다. 젊었을 때는 유언이라든가 나이 먹은 뒤의 모습에 관해 전혀 상상하지 못했다. 상상력을 있는 대로 다 동원해도 그 당시 전형적인 아줌마의 모습 — 예컨대 두꺼운 뱃살과 꼬불꼬불한 파마머리 등 — 에 나의 미래를 끼워 맞출 수가 없었다.

고교 시절에 20대 후반의 선생님께서 하신 말씀이 아직도 귀에 생생하다. "너희가 지금은 젊고 어린 것 같지만 조금만 지나면 나와 함께 늙어갈 것이다." 그때 우리는 한목소리로 부인했다. "에이~ 선생님, 그럴 리가요?" 고등학생의 눈에 이미 대학교를 졸업하고 학생들을 가르치고 있는 분과 함께 나이 들어간다는 것은 어불성설이었다. 선생님은 저만치 앞서 가는 사람으로 우리와는 다른 세상에 존재했다. 아직 스무 살도 안 된 우리가 그런 선생님과 어떻게 같이 늙어 갈 수 있다는 말인가. 그러나 서른이 넘고서는 선생님 말씀에 백번 공감하게 되었다. '국군 장병 아저씨'는 어느덧 오빠가 아닌 동생뻘이었고, 어디를 가든 가게 점원들을 '언니'라고 불렀는데, 어느 순간 돌아보니 다들 나보다 어린 학생들이었다. 그렇게 서른 초반의 나나 마흔 초반의 선생님이 나 다를 게 없어진 것이다.

사춘기가 대책 없는 질풍노도의 시기였다면, 30대부터 겪게 되는 인생 유전(流轉)은 비포장도로를 시속 100km로 달리는 느낌이었다. 너무 덜컹거려서 심장에 통증이 오고, 온몸이 차 안에 이리저리 부딪히고 멍들어 어디 하나 성한 구석이 없는 상처투성이의 몸. 그렇게 험난한 비포장도로를 달리다가 나이가 들어감에 따라 서서히 포장도로에 접어드는 것이 인생이다.

'맑은 바람은 얼마나 편안할까요.'

그렇다. 초가을 맑은 바람처럼 편안해질 때 비로소 인생을 관조할 수 있다. '꽃이 핀 길가에 잠시 머물러 서서' 하늘을 보며 지난날을 돌아볼 여유가 생기는 것이다. 그렇게 한숨 돌리고 바라보면 폭풍 같았던 지난 세월도 '뭐 그리 대단한 거 아니더'라고 담담하게 이야기할 수 있을 테지. 유언을 쓴다면 포장도로에 들어선 뒤에 쓰는 것이 맞겠다.

영국 테이트 미술관 카페에서 이 할머니들을 만났다.
미술관에서 전시를 보고, 차를 마시며 여가를 보내는 노년.
두 분의 모습을 보고 내 미래를 계획하게 되었다.
짐을 줄이고 작은 집에서 단출하게 살면서
걸어서 갤러리에도 가고, 집 근처에 단골 카페도 만들어
오가며 인사 나눌 수 있는 동네에서 '맑은 바람'처럼 살고 싶다.
인생 뭐 대단한 것 있겠는가.
그렇게 사부작사부작 움직이며 노년을 보낼 수 있다면
더 바랄 것이 없으리라.

호수

이형기

어길 수 없는 약속처럼
나는 너를 기다리고 있다.

나무와 같이 무성하던 청춘이
어느덧 잎 지는 이 호숫가에서
호수처럼 눈을 뜨고 밤을 새운다.

이제 사랑은 나를 울리지 않는다.
조용히 우러르는
눈이 있을 뿐이다.

불고 가는 바람에도
불고 가는 바람같이 떨던 것이
이렇게 고요해질 수 있는 신비는
어디서 오는가.

참으로 기다림이란

이 차고 슬픈 호수 같은 것을

또 하나 마음속에 지니는 일이다.

차고 슬픈
호수 같은 기다림

만나기로 약속한 사람을 세 시간이 넘도록 기다려 본 적 있다. 지금처럼 실시간으로 서로의 위치를 확인할 수 있는 스마트폰 시대에는 어림 반 푼어치도 없는 이야기다. 출발하면서 문자 보내고, 도착하기 십 분 전에 또 확인 문자를 보내는 요즘이 아닌가. 이 같은 실시간 생중계에 익숙한 사람들에게 아무 대책 없이 세 시간 넘게 누군가를 기다린다는 것은 이해하기 어려운 일일 것이다.

전화를 개통하기가 하늘의 별 따기이던 시절을 살았다. 마을 이장님 댁에나 한 대씩 놓여 있던 귀한 전화였다. 급한 일이 있으면 전화를 걸기보다 전보를 먼저 쳤다. 내가 직장에 들어갔던 1984년만 해도 외국으로 연락할 수 있는 중요 통신 수단은 텔렉스였다. 그런 시절이었기에 일단 만나기로 약속하면 천재지변이 일어나지 않는 한 무조건 지켜야 했다. 도중에 연락할 길이 없으니 30분 정도 기다리는 것은 익숙했다. 그러다가 한 시간이 지나도 사람이 안 오면 화가 난다. 바람맞은 것일까? 안절부절못하며 고민한다. 그냥 갈까, 더 기다릴까? 그 정도 기다렸으면 됐다고 과감하게 가 버리는 사람도 있지만, 나는 한 시간 기다린 것이 아까워 더 기다려 본다. 두 시간이 넘어가면 불안해진다. 오다가 무슨 사고라도 난 것은 아닐까? 그러다가 세 시간이 다 되어 가면 마음이 고요해진다. 그래, 뭔가 사정이 있겠지. 비로소 '차고 슬픈 호수 같은 것'을 마음속에 지니게 되면서 기다림은 하나의 고귀한 가치로 승화한다.

　　한때 우주의 빅뱅보다 더 폭발적으로 빠르게 뻗어 나간 동창생 찾기 사이트가 있었다. 만날 기약 없이 헤어진 학창 시절 친구들을 인터넷에서 찾아보는 사이트였다. 전화가 귀하던 시절에는 한 번 헤어지면 주소를 교환하더라도 다시 만나기가 어려웠다. 그런 친구들을 찾을 수 있다 하니 그 사이트의 인기는 하늘을 찔렀다. 지금은 그 같은 사이트마저 구시대의 유물이 되었다. SNS를 통하면 훨씬 빠르고 손쉽게, 심지어 별로 궁금하지 않은 사람의 안부까지 알 수 있다. 애틋함과 낭만을 간직한 '기다림'은 사라지고, 즉물적인 감각만 지닌 스마트폰이 그 자리를 대신하고 있다. 한없이 기다리다 만나지 못하는 일은 시적인 표현일 뿐이요, 이해할 수 없는 감정의 사어(死語)가 되어 버렸다.

사진은 기다림의 연속이다.
'결정적 순간'을 포착하는 것으로 유명한
사진작가 앙리 카르티에 브레송은
마음에 드는 사진을 얻기 위해 온종일 기다리기 일쑤였다고 한다.
이 사진을 찍기 위해 나도 기다려야 했다.
너무 강한 조명이었던 해가 서서히 기울어 조도가 낮아지고,
북적이던 관람객들이 사라져 주위가 고요해질 때까지 기다렸다.
적절한 밝기의 순간은 말 그대로 '순간'이기에
좋은 사진을 얻는 데는 타이밍이 절대적이다.
'어길 수 없는 약속처럼 나는' 그 순간을 기다린다.

모비딕

이형기

영화는 끝났다
예정대로 조연들은 먼저 죽고
에이허브 선장은 마지막에 죽었지만
유일한 생존자
이스마엘도 이제는 간 곳이 없다
남은 것은 다만
불이 켜져 그것만 커다랗게 드러난
아무것도 비쳐주지 않는 스크린
희멀건 공백
그러고 보니 모비딕 제놈도
한 마리 새우로
그 속에 후루룩 빨려가고 말았다
진짜 모비딕은
영화가 끝나고 나서야 이렇게
만사를 허옇게 다 지워 버리는
그리하여 공백으로 완성시키는
끔찍한 제 정체를 드러낸다

불이 켜지고
공백만 남을 때까지

　　중고등학교 때만 해도 친구와 함께 극장에 간다는 것은 생각할 수도 없는 일이었다. 극장에 가는 것은 문제 학생으로 탈선하는 지름길이라는 인식도 있었다. 알고 보면 그런 것도 아닌데 말이다. 그 당시 내가 영화를 접할 수 있는 유일한 길은 〈주말의 명화〉, 〈토요 명화〉, 〈명화 극장〉 같은 텔레비전 프로그램이었다. 특히 〈명화 극장〉은 영화평론가 정영일 씨가 간략하게 줄거리를 이야기해 주는 예고편을 방송했는데, 화면 구석의 작은 동그라미 안에 있던 그분의 모습이 눈에 선하다.

　　대학에 들어가서 제일 좋았던 점은 원하는 영화를 마음껏 볼 수 있다는 것이었다. 대학생들이 모여 놀 수 있는 지역이 한정적이었던 그 시절에 종로는 서울뿐 아니라 전국의 대학생들이 모여드는 명소였다. 종로에서 만나기로 하는 약속은 대부분 종각역 옆에 있던 ― 지금은 사라지고 없는 ― '종로서적'에서 이루어졌다. 그 무렵 외국인 영어 회화 강의가 막 유행하기 시작해서 종로3가에 있는 파고다어학원에 학생들이 많이 몰렸다. 어학원에서 강의를 듣고 나면 종로서적 뒷골목 주점이나 카페로 자리를 옮겨 '2차'를 하고, 단성사나 서울극장, 피카디리 극장 등에서 영화 보는 것이 놀이 문화의 전형이었다.

그 당시 개봉한 영화 중에 〈지옥의 묵시록〉이 굉장한 화제였다. 원래 상영 금지 영화였는데, 제한이 풀려 상영 결정이 났다는 사실만으로도 세간의 관심이 쏠렸다. 특히 그 유명한 헬기 장면이 대단하다고 소문이 나서 궁금증이 증폭되었다. 실제로 이 영화를 보는 내내 충격과 놀라움을 금할 길이 없었다. 그때까지 봐 온 영화와는 차원이 달랐다. 게다가 조그만 텔레비전 화면이 아닌 극장의 대형 스크린과 음향 시설은 더욱 놀라웠다. 마침 그즈음 명보극장에서 새로운 사운드 시스템을 도입해서 음향이 최고라며 엄청나게 선전하던 일이 기억난다. 그 덕분이었을까, 헬기가 떠오를 때의 현장감이 아직도 생생하다.

기왕에 보는 영화, 늘 그렇게 대형 극장에서 최신 개봉작을 볼 수 있으면 더할 나위 없이 좋았겠지만, 학생들의 주머니 사정으로는 여의치 않은 경우가 대부분이었다. 주머니가 가벼운 날이면 학교 근처나 집 근처 작은 극장에서 동시 상영 영화 두 편을 연달아 보기도 했는데, 이 역시 성인이 되어서 누릴 수 있는 특권이었다. 왜냐하면 동시 상영관에서는 대부분 개봉관에서 상영했던 좋은 영화 한 편과 야한 영화나 B급 폭력 영화 한 편이 짝을 이루어 상영되었기 때문이다.

개봉관이든 뒷골목의 동시 상영관이든, 젊음 앞에 그런 것
은 중요하지 않았다. 그저 햇살이 부서지는 교정의 잔디밭에 두 다리 뻗
고 누워만 있어도 자유를 느꼈고, 퀴퀴한 냄새가 나는 지하 극장에 틀어
박혀 종일 영화만 보아도 뭔가 그럴듯했다. 그때는 젊음 그 자체가 멋이
고, 낭만이고, 철학이었다.

그 시절에 나는 영화를 다 보고 나면 '아무것도 비춰 주지 않
는 스크린 희멀건 공백'이 나올 때까지 그 자리에 앉아 있었다. 그래야
영화의 멋을 아는 것인 양……. 요즘 다양성 영화를 주로 상영하는 일부
극장에서는 엔딩 크래딧이 다 올라갈 때까지 상영관 내부 조명등을 켜
지 않는다. 영화가 끝나자마자 환하게 불을 켜고, 부랴부랴 자리를 뜨는
행동이 영화의 감동이나 여운을 끝까지 느끼고 싶은 사람들에게 방해
가 되기 때문이라고 한다. 일명 '킬링 타임 무비'로 불리는 오락 영화가
아니라면, 그렇게 '공백으로 완성시키는' 것도 영화를 즐기는 좋은 방
법이겠다.

Post Card
Levelező-Lap
Brevkort
Cartão postal
ВСЕМIРНЫЙ
UNION POS
ОТКРЫТОЕ П

영화 〈노팅힐〉의 촬영지, 켄우드 하우스다.

영화에서 줄리아 로버츠가 시대극을 촬영하던 장소인데,

영화를 보다가 그 장면이 나왔을 때 얼마나 반가웠는지 모른다.

이곳은 유명한 관광지가 아니라서 여행자의 발길이 뜸했다.

그래서 나만의 비밀 공간 같은 느낌이 드는 곳이다.

만일 친구와 함께 런던에 간다면 이곳에 꼭 데려가고 싶다.

우리가 영화 속 주인공인 양 저 넓은 잔디밭을 걸어 봐야지.

사물의 정다움

정현종

의식의 맨 끝은 항상
죽음이었네.
구름나라와 은하수 사이의
우리의 어린이들을
꿈의 병신들을 잃어버리며
캄캄함의 혼란 또는
괴로움 사이로 인생은 새버리고,
헛되고 헛됨의 그 다음에서
우리는 화환과 알코올을
가을 바람을 나누며 헤어졌네
의식의 맨 끝은 항상
죽음이었고.

죽음이었지만
허나 구원은 또 항상
가장 가볍게
순간 가장 빠르게 왔으므로
그때 시간의 매마디들은 번쩍이며

지나 가는게 보였네

보았네 대낮의 햇빛 속에서

웃고 있는 목장의 울타리

목간(木幹)의 타오르는 정다움을,

무의미하지 않은 달밤 달이 뜨는

우주의 참 부드러운 사건을.

어디로 갈까를

끊임없이 생각하며

길과 취기를 뒤섞고

두 사람의 괴로움이 서로 따로

헤어져 있을 때도

알겠네 헤어짐의 정다움을.

불붙는 신경의 집을 위해

때때로 내가 밤에 깨물며

의지하는 붉은 사과, 또는

아직도 심심치 않은

오비드의 헤매는 침대의 노래

뚫을 수 없는 여러 운명의
크고 작은 입맛들을.

도시 한복판의
묘지에서

　　에든버러. 기차에서 내려 표를 내고 밖으로 나와서 눈앞에
펼쳐진 광경을 본 순간, 나는 급속하게 '에든버러'라는 도시 공간으로
빨려 들어갔다. 그 순간을 영화에 담는다면, 나는 고정되어 있고 주변
풍경이 빙글빙글 돌아가는 기법을 썼을 것이다. 왼쪽에는 깎아지른 듯
높은 절벽 위에 에든버러 성이 자리 잡고 있으며, 오른쪽에는 이국적인
정원이 펼쳐져 있었다. 에든버러를 처음 본 그때, 나는 망설일 것도 없
이 그 자리에서 여행 계획을 변경해 버렸다. 2박 3일에서 4박 5일로. 일
정이 넉넉해진 나는 에든버러의 돌길이 이끄는 대로 무작정 걸었다. 애
써 지도를 보면서 목적지를 찾으려 하지 않았다. 그러다가 도시 한복판
에서 마주친 공동묘지. 그렇다. 죽음은 늘 가까이 있고, 우리는 생과 사
의 갈림길에서 하루하루를 살아 내고 있었다.

　　'의식의 맨 끝은 항상 죽음이었네.'

　　살면서 단 한 번도 자기 파괴 욕구를 느낀 적 없는 사람이 있
을까? 중학교 때 사춘기를 겪으며 매일 자살 충동을 느꼈다. 버지니아
울프가 주머니에 돌을 가득 넣고 강으로 들어갔다는 이야기를 읽고 죽
음에 관한 동경이 고조되었다. 프로이트는 인간에게 생(生)의 본능과

사(死)의 본능이 있다고 했다. 살고자 하는 의욕이 충만한 만큼 자기 파괴적인 죽음에 관한 욕구도 만만치 않다는 것이다. 우리 삶은 이 두 가지 본능이 충돌하는 가운데 축적된다. 그렇기에 '의식의 맨 끝은 항상 죽음'이면서도 '구원은 또 항상 가장 가볍게' 오는 것이 아니겠는가. '무의미하지 않은 달밤 달이 뜨는 우주의 참 부드러운 사건을' 묵묵히 지켜보는 가운데 결국에는 우리 모두 자연스럽게 에너지를 소멸하여 묘지에 갈 것이다. '뚫을 수 없는 여러 운명'을 더는 겪지 않아도 되는 것이 죽음이다. 어쩌면 죽음은 신이 인간에게 내려준 최후의 축복인지도 모르겠다.

서양의 무덤은 단출하기 그지없다. 그저 비석 하나면 충분하다.
그런데 세밀한 부조(浮彫)가 눈에 띄는 이 무덤은 비교적 화려했다.
목적지 없이 걷던 나는 이 묘지에 다다라서야
'어디로 갈까를 끊임없이 생각'했다.
그리고 한참이나 무덤 사이를 홀로 걸어 다녔다.

밤에 내리는 비

황동규

밤 이슥히
차값에 너무도 가까운 번역을 하고
두시에 멎는 머리
밖에는 오래 비가 내리고
나무의 발목들을 얼리는
겨울비가 내리고
두시에 내리는 비.

손으로 덮은 한 잔의 차
손 주변의 무한한 빗소리
연탄난로 위에서 잦아드는 물
〈청빈하게 살며 몸짓을 하지 마라,〉
몸짓을 하지 마라
두시에 멎고 무한히 내리는 비
두시에 내리고 무한히 멎은 비
두시가 넘으면 쉽게 누워지지 않는다.

누워지지 않는다, 아시아 지도 등고선 뒤로

자꾸 흐려지는 불빛

〈이 세계에서 배울 것은

조심히 깨어 있는 법일 뿐,〉

법 뿐일까, 뿐일까,

문득 정신 차리면

살았다 죽었다 힘들여 좌정한 골편이

남몰래 떨고 있다.

비루한 하루를 뒤로하고
지도를 펴다

새벽까지 일하고서 잠 못 이루는데 눈에 아른아른 지도가 보일까? 아마도 찻값에 너무 가까운 번역 일을 마친 뒤 옥죄는 일상에서 벗어나고 싶은 마음이 그렇게 이끌지 않았을까 싶다. 비루한 하루하루가 견디기 힘들 때 가장 확실한 탈출 방법은 여행이다.

스무 살까지 집을 떠나서 자 본 일이 거의 없다. 일가친척 집에 가서 자는 것도 안 된다는 아버지의 뜻에 따라 집에만 있었다. 그 때문에 언젠가는 세계 여행을 하겠다는 크나큰 야망이 무의식 간에 마음속 깊이 뿌리를 내린 듯하다. 원래 하지 말라고 하면 더욱더 하고 싶은 법이니까. 대학교를 졸업한 뒤로는 돈만 생기면 무조건 외국으로 여행을 떠났다. 돌아와서 무엇을 할지는 생각하지 않았다. 해외여행은 내게 마약 같았다. 여행하고 돌아와서 짐도 풀기 전에 다음에는 어디로 갈까 고민했을 정도로 나는 여행에 중독되어 있었다. 지도만 펴 들어도 마음은 이미 지도 속 세상으로 들어가 있곤 했다.

미지의 세계를 만나는 것은 커다란 즐거움이었다. 내가 낯선 곳을 두려워하지 않고 즐길 수 있었던 것은 길눈이 밝은 덕이었다. 어릴 때부터 어디든 한 번 가 본 곳은 다음에도 정확하게 찾아갈 줄 알았다. 그래서 성인이 되어서도 지도 한 장만 있으면 세계 어디든 찾아갈 자신이 있었다. 그런 자신감이 여실히 무너진 것은 런던에서였다. 좌우 흐름이 바뀐 공간에서 방향 감각을 잃지 않고 미로 같은 옛 도시를 찾아 가기란 여간 어려운 일이 아니었다. 더군다나 나는 길을 쉽게 찾을 거라는 자신감으로 충만해 있었기에 그때 느낀 낭패감이 더욱 컸다. 런던의 지리에 적응하는 데는 딱 한 달이 걸렸다. 무수한 시행착오 끝에 비로소 지번까지 정확히 나오는 런던 지도책 한 권이면 골목골목 못 갈 곳이 없는 경지에 이르게 되었다.

런던에서 길을 헤맨 일만큼이나 기억에 남는 것은 그때 만난 영국 사람들의 태도다. 내가 지도를 펴 들고 어디로 갈까 고민하고 있으면 꼭 누군가가 다가와서 도움이 필요하냐고 물어보았다. 프랑스 파리에서는 단 한 번도 경험해 보지 못한 일이었다. 그때 일이 인상적이었던 까닭에 나도 누군가가 길을 찾고 있으면 먼저 다가가서 도와주고 싶은 마음이 굴뚝같다. 그런데 그러지 못한다. 소심한 성격 탓인지 자꾸 주저하게 된다. 대신 누가 내게 길을 물어본다면 기꺼이 친절한 지도가 되어 줄 마음의 준비가 되어 있다.

런던 리버풀 역 맥도날드, 그 앞에서
지도를 보고 있는 청년의 모습이 마음에 와 닿았다.
맥도날드는 정크 푸드의 대명사지만,
여행자에게는 가장 마음 편하게 쉬어 갈 수 있는 곳이다.
지친 걸음을 멈추고, 지도를 들여다보며 갈 곳을 정하기도 하고,
'손으로 덮은 한 잔의 차' 대신 햄버거로 간편하게 요기도 하면서.

절대 고독

김현승

나는 이제야 내가 생각하던
영원의 먼 끝을 만지게 되었다.

그 끝에서 나는 눈을 비비고
비로소 나의 오랜 잠을 깬다.

내가 만지는 손끝에서
영원의 별들은 흩어져 빛을 잃지만,
내가 만지는 손끝에서
나는 내게로 오히려 더 가까이 다가오는
따뜻한 체온을 새로이 느낀다.
이 체온으로 나는 내게서 끝나는
나의 영원을 외로이 내 가슴에 품어 준다.

그리고 꿈으로 고이 안을 받친
내 언어의 날개들을
내 손끝에서 이제는 티끌처럼 날려 보내고 만다.
나는 내게서 끝나는

아름다운 영원을

내 주름 잡힌 손으로 어루만지며 어루만지며

더 나아갈 수도 없는 나의 손끝에서

드디어 입을 다문다 ― 나의 시와 함께.

인간은
고독할 수밖에 없다

대학교 4학년 때, 1년 넘게 투병하시던 아버지가 돌아가셨다. 아버지가 떠나신 뒤 남은 식구들이 제일 먼저 한 일은 밤에 문단속하는 것이었다. 아버지가 계실 때는 밤에 현관문을 잠그지 않아도 누가 들어올까 봐 걱정되지 않았다. 미음도 제대로 못 넘기실 정도로 쇠약해진 몸으로 누워만 계셨는데도 말이다. 그런데 장지에서 돌아온 첫날, 집 안이 그렇게 썰렁하고 무서울 수가 없었다. 아버지라는 존재가 미약하게나마 잡고 있던 이승의 끈을 놓으면 그 자식은 본능적으로 거친 벌판에 홀로 선 느낌을 받는가 보다.

대학을 졸업하고 안양에 있는 작은 아파트에서 혼자 살게 되었다. 희한하게도 그때는 밖에서 사람을 만나면 이루 말로 표현할 수 없을 만큼 공허했다. 데이비스 리스먼이 쓴 《고독한 군중》의 주인공인 양 사람들과 어울리면 어울릴수록 고립감과 불안감이 극에 달해 외로워졌다. 그렇게 사람들 사이에서 겉돌며 부대끼다가 어둠에 묻힌 아파트에 들어서면 마음이 편안해지면서 '절대 고독'에 빠져들었다. 온전히 혼자 있을 수 있다는 해방감 때문에 스스로 고독을 즐기게 된 것이다. 시인의 말처럼 '내가 만지는 손끝에서 나는 내게로 오히려 더 가까이 다가오는 따뜻한 체온을 새로이' 느꼈다.

지금은 어떤가. 끊임없이 울려대는 스마트폰 알람 때문에 혼자 있어도 조용히 집중하기 어렵고, 정작 누군가 필요한 순간에는 연락을 망설이게 된다. 현대인은 SNS에 자기 일상을 다 공개하며 많은 사람과 어울리는 듯하지만, 알고 보면 누구도 침범하지 못하게 총알도 뚫지 못하는 방탄유리를 설치하고서 그 안에 홀로 살고 있기도 하다.

절대 고독. 부연설명이 필요 없는 진리다. 인간은 눈에 보이지도 않는 하나의 세포에서 시작해 아기라는 생명으로 태어나고, 수많은 시행착오를 겪으며 어른으로 성장했다가, 서서히 흙으로 돌아갈 준비를 하는, 똑같은 생성과 소멸의 길을 걷는다. 태어나고 죽는다는 절대 명제는 변하지 않는데, 사는 내내 그 사실을 잊어버리고 영원히 살 듯 착각하며, 오만하게 굴거나, 지나치게 분노하고 슬퍼한다. 그 어떤 고통도, 절망도 혼자 견뎌야 한다. 최후의 죽음까지도 혼자 감내해야 한다. 어릴 적에는 절대 사랑, 무조건적인 사랑을 주는 사람을 만나면 고독하지 않으리라 믿었다. 그래서 완전한 사랑을 찾으려고 노력했지만, 어느 순간 그것은 꿈에 지나지 않는다는 사실을 깨달았다. 대가 없이 무조건적인 사랑을 줄 수는 없다. 피를 나눈 부모·자식 간에도 완벽한 사랑을 주고받을 수는 없다. 그러니 인간은 고독할 수밖에 없다.

오랫동안 꿈꿔 온 베르사유 궁전 촬영 여행을 혼자서 떠났다.
닷새 동안 베르사유 궁전 근처에 머물며 매일 궁전으로 갔다.
그때 기억 중 백미는 화려함의 극치를 자랑하는
마리 앙투아네트의 방도 아니고,
세계에서 가장 아름답다는 정원도 아니다.
운하의 뱃사공이 행복에 겨워 부르는 노랫소리를
자장가 삼아 벤치에 누워 낮잠을 잔 일이다.
나는 절대 고독 속에 여행하면서 완벽하게 홀로됨을 즐겼다.
그 순간만큼은 누구의 딸도 아니고 아내도 아닌,
그저 한 인간으로 그 공간에 존재했다.

조용한 개선

장석주

I

해안에서 작은 깃폭처럼 펄럭이던 아이들을

바람이여

너는 어디로 데려 가는가.

결별의 날은 홀연히 다가와 빛나고

혈관의 피들은 얼굴가리고 섬세한 슬픔에 젖네.

한 마리 꽃게가 되어

어둠속의 개펄로 내려서서 바라보면

섬은 언제나 고통처럼 단순하게 떠 있고

바다만 분노로 하얗게 끓어올라 산산이 깨어지고 있었네.

빗속에 돌아가는 부두노동자들의

쓸쓸한 잔등이나 보여주고

어둠 속에 버려진 난파당한

폐선 몇 척이나 보여주고

폭풍에 참담하게 부러져 나간

방풍림의 꺾인 가지나 보여주고
바람이여, 시간의 그 무형한 것이여
너는 우리를 어디로 데려 가는가.

Ⅱ
폭풍주의보가 내려진 밤 해안을 떠돌며
모든 것을 본 사람들은 알리라.

칠흑의 어둠과
성난 이빨 드러내어 우는 바다와
몇 그루의 거목을 뿌리채 뽑아던진 폭풍을
끝까지 견디며 잔빗발 바람 속을 건너서 떠오르는
눈물만큼 작은 먼 곳 몇 집 불빛이여.

얼굴에 깊은 그늘이라도 만들기 위하여
단순한 짐승처럼 힘이라도 갖기 위하여
오늘 젖은 몸으로 해안을 떠돌며
찬 빗발 속에서 모발을 적시고

나는 참혹하게 살고 싶었네
폭풍에 몸부딪치며 살고 싶었네.

아, 잊혀진 시간의 그 무형한 바람 속에 서서
언젠가 문득 착하고 튼튼한 사내가 되어
조용히 개선(凱旋)하고 싶었네

나는 참혹하게
살고 싶었네

직장 다니며 월급을 타서 제일 먼저 한 일은 책과 카세트테이프를 사는 일이었다. 특히 책은 내 것으로 소유한 적이 거의 없어서 말 그대로 애타게 '내 것'으로 만들고 싶었다. 아버지가 내게 사 준 책은 단 두 권. 아마 초등학교 6학년 때쯤인 것 같다. 세계 명작 소설을 어린이용으로 만든 책을 몇 번이나 조르고 졸라서 간신히 산 것이 처음이자 마지막이었다. 이후로도 재미있는 책을 보면 늘 갖고 싶었지만, 그저 희망 사항일 뿐이었다. 그러다가 내 힘으로 번 돈으로 책을 살 수 있게 된 것이다! 그렇게 산 책이 책장에 쌓여 가는 것을 볼 때마다 흐뭇하기 그지없었다.

어떤 사람은 책을 소중히 여겨 밑줄을 긋거나 책 귀퉁이를 접는 행위를 극도로 싫어하기도 한다. 나는 내 책이라는 증거를 남기고 싶어서라도 인상 깊게 읽은 구절에 밑줄을 그어 놓는 습관이 있다. 그렇게 흔적을 남겨 놓았다가 몇 년이 지난 뒤 다시 그 책을 보게 되면 내가 왜 그곳에 밑줄을 쳤는지 한 번 더 생각해 보게 된다. 이 역시 내가 책에 흔적 남기기를 좋아하는 까닭 중 하나다. 가끔 헌책을 사면 누군가의 메모가 남아 있는 경우가 있는데, 그런 흔적을 발견하면 기분이 나쁘기는커녕 그 사람이 무엇 때문에 그토록 감동했는지 나도 같이 생각해 보는 계기가 되어 좋다. 장석주 시인의 시집에도 몇 군데 밑줄을 그어 두었다. 그중에서도 특히 눈길이 머무는 구절이 있다.

'나는 참혹하게 살고 싶었네,
폭풍에 몸 부딪치며 살고 싶었네'

나는 무엇 때문에 참혹하게 살고 싶다는 구절에 밑줄을 쫙 그었는지, 시인은 왜 또 그렇게 처절하게 시를 썼는지……. 그 당시에 내게 어떤 일이 있었든, 내가 어떤 생각을 했든, 지금은 다 지나간 일이다. 그런데도 이 구절은 변함없이 내 마음과 머리를 울린다. 여전히 삶이 힘겹기 때문이다. 끼니를 걱정하던 시절에 비하면 먹을 것이 너무 많아 다이어트를 고민하는 이 시대가 뭐 그리 힘든가 싶을 수도 있다. 하지만 삶의 요소요소에는 어김없이 또 다른 어려움이 자리 잡고 있다. 삶은 언제까지나 '폭풍에 몸 부딪치며', 흔들리며 살아 내야 하는 것이므로.

우연히 전철역 노선표에서 바다를 보았다. 리온씨(Leigh-on-Sea).
지명에 바다가 들어 있으니, 그리 가면 바다를 볼 수 있으리라.
그렇게 찾아간 곳에서 바다의 정취를 흠뻑 느끼고 있는데
금방이라도 폭우가 쏟아질 기세로 먹구름이 몰려왔다.
'너는 우리를 어디로 데려가는가?'
갑자기 찾아온 먹구름은 인생을 미지의 고통 속으로 끌고 가지만
먹구름 밑에는 '눈물만큼 작은 먼 곳 몇 집 불빛'이 견디고 있다.

주점

조병화

일체의 수속이 싫어
그럴 때마다 가슴을 뚫고 드는
우울을 견디지 못해
주점에 기어들어 나를 마신다

나는 먼저 아버지가 된 일을
후회해 본다.

필요 이상의 예절을 지켜야 할
아무런 죄도 나에겐 없는데
살아간다는 것이 지극히 우울해진다

한때 이 거리가
화려한 꽃밭으로 보이던 시절이 있었다

그러나 이력서를 쓰기 싫은
그 날이 있어 부터
이 거리의 회화를 나는 잊었다

한 여자를 사랑한다는
그러한 수속조차 이미 나에겐 권태스러워
우울이 흐린 날처럼 고이면
눈 내리는 주점에 기어들어
나를 마신다.

산다는 것이 권태스러운 일이 아니라
수속을 해야 할 내가 있어
그 많은 우울이 흐린 날처럼 고이면
글 한자 꼼짝 하기 싫어
눈 내리는 주점에 기어들어
나를 마신다

아버지가 된 그일이
마침내 어길 수 없는 내 여생과 같이

흐린 날처럼 고인
우울을 털어 버리자

나는 어린 시절에 온 가족과 함께 외식한 적이 한 번도 없다. 그런 내가 미성년의 딱지를 갓 떼었을 무렵에 드나들던 경양식집은 그 어떤 놀이공원보다 재미있고 설렘이 가득한 신세계였다. 경양식집에서 식사하며 술을 한 잔 곁들이는 것은 어른 흉내를 낼 수 있는 가장 특별한 방법이었다. 1980년대 초반 풍요의 시대가 서서히 시작되면서 칵테일을 한잔하는 것이 유행처럼 번졌다. 그즈음에는 레스토랑이 아닌 경양식집에 지금의 커피 종류만큼이나 다양한 칵테일이 있었다. 언제나 새로운 것을 좋아하는 나는 기회가 있을 때마다 무조건 안 마셔 본 것을 주문했다. 경양식집 메뉴에 있는 칵테일은 다 한 번씩 마셔 보겠노라고 호기롭게 마음먹기까지 했다. 칵테일은 맛과 모양이 가지각색인 만큼 이름도 다채로웠다. 연인들의 뜨거운 키스 같다고 해서 이름 붙은 '키스 오브 파이어', 둥글고 펑퍼짐한 잔 가장자리에 빙 둘러 소금이 묻어 있는 '마가리타', 여러 가지 색을 띠며 알코올 도수가 높은 것을 이용해 불을 붙여 주는 '레인보우', 싱가포르의 석양을 닮았다는 '싱가포르 슬링' 등이 지금도 기억에 남아 있다. 그런데 온갖 종류의 칵테일을 다 맛보고 내린 결론은 싱겁게도 '진 토닉'이 가장 깔끔하다는 것이었다.

칵테일이든 소주든 맥주든 간에 '우울이 흐린 날처럼 고이면' 술 한잔하고 싶어지는 것은 많은 이의 공통점이지 싶다. 그럴 때마다 부담 없이 들를 수 있는 선술집이 있다면 얼마나 좋을까? '필요 이상의 예절을' 지키지 않아도 되는 자유로움이 있는 곳, 그곳에서 흐린 날처럼 고인 우울을 술잔 털 듯 가볍게 털어 버리고 나올 수 있다면, 산다는 것이 그리 권태스럽지만도 않으려나.

　　　　1984년 여의도 사학연금빌딩 맞은편 지하상가에 'London Pub'이라는 주점이 있었다. 규모가 엄청나게 컸는데, 그곳의 이국적인 분위기에 매료되어 가끔 찾아가곤 했다. '런던 펍'이라고 발음할 때의 울림 자체가 무척 마음에 들었다. 세월이 흘러 1997년, 나는 진짜 런던에 있는 펍에 가서 흑맥주를 마셨다. 그런데 런던의 펍에 가 보니 '펍'을 주점이나 선술집처럼 한 단어로 규정하기에는 충분하지 않다는 생각이 들었다. 런던에서 외곽으로 나가다 보면 거리에 외국인이 단 한 명도 보이지 않는 곳이 더러 있다. 이런 곳일수록 주점도 동네 밀착형이라 그 마을 사람들의 희로애락을 함께하는 경우가 많다. 가령 어릴 적 생일잔치를 했던 펍에서 훗날 결혼기념일 파티를 여는 식이다. 물론 가장 주된 역할은 마을 아저씨들이 모여 대형 화면으로 축구 경기를 보는 사교장이지만 말이다. 어쨌든 런던에서 펍은 단순한 주점 그 이상이었다. 마치 근사한 마을회관 같다고나 할까?

그런 주점에 나를 잘 아는 다정한 주인장이 있고, 언제라도
마음 나눌 동네 친구가 약속이라도 한 듯 스르륵 문을 열고 들어서는 모
습을 상상해 본다. '아버지가 된 일을 후회'할 만큼 우울할 때도, '글 한
자 꼼짝하기' 싫을 정도로 우울이 고인 날에도, 그 주점에 들르면 권태
스러운 고민을 모두 털어 버릴 수 있지 않을까.

나는 이 사진을 보면 이상하게도
영화〈참을 수 없는 존재의 가벼움〉마지막 장면이 떠오른다.
격정적인 도시의 삶을 접고 시골에 내려간 토마스와 테레사.
그들이 동네 주점에서 행복하게 술 한잔하고 나오다가 교통사고로 죽는 마지막 장면.
마치 그들이 이 펍에서 술을 마시기라도 한 것 같은 느낌이 든다.
'살아간다는 것이 지극히 우울해'질 때, 나는 이 사진을 보며 상상한다.
저 펍의 문을 열고 들어가 구석 자리에서 진한 기네스 흑맥주를 마시는.

비

이형기

적막강산에 비 내린다

늙은 바람기

먼 산 변두리를 슬며시 돌아서

저문 창가에 머물 때

저버린 일상

으슥한 평면에

가늘고 차운 것이 비처럼 내린다.

나직한 구름자리

타지 않는 일모(一暮)…….

텅 빈 내 꿈의 뒤란에

시든 잡초 적시며 비는 내린다.

지금은 누구나

가진 것 하나하나 내놓아야 할 때

풍경은 정좌하고

산은 멀리 물러앉아 우는데

나를 에워싼 적막강산

그저 이렇게 빗속에 저문다.

살고 싶어라.

사람 그리운 정에 못 이겨
차라리 사람 없는 곳에 살아서
청명과 불안
기대와 허무
천지에 자욱한 가랑비 내리니
아 이 적막강산에 살고 싶어라.

천지에 자욱한
가랑비 내리니

　　적막강산에 비 내릴 때 커다란 유리창이 난 카페에 앉아 커피를 마시거나, 친하지만 멀리 있어 만나지 못하는 친구에게 전화를 걸고 싶어진다. 비는 잔잔한 마음에 떨어지는 조그만 꽃잎 같은 것이다. 별다른 감성 없이 하루하루를 보내고 있을 때, 한두 송이 꽃잎처럼 비가 내리면 깊이 잠겨 있던 속마음이 수면 위로 올라온다. 이것저것 생각하면서 무작정 우산을 쓰고 걷고 싶은 마음이 들기도 한다.

　　〈은하철도 999〉라는 전설적인 만화영화에서 주인공 '철이'는 엄마를 찾아 기차를 타고 이리저리 떠돈다. 그중에 줄기차게 비만 내리는 곳에 도착한 철이의 모습이 지금도 기억난다. 온종일 비만 오는 곳에 살면 어떨까? 어쩌다 내리는 비는 감상에 젖게 하지만, 끊임없이 내리는 비는 사람을 우울함에 빠트리고, 생기를 잃게 한다. 한때는 비가 불러일으키는 왈랑왈랑한 감성 때문에 비에 관한 노래를 무조건 좋아했다. 올리비아 뉴튼 존의 〈Blues Eyes Crying in the Rain〉, 데미스 루소스의 〈Rain and Tears〉, 유라이어 힙의 〈Rain〉, 캐스캐이즈의 〈Rhythm of the Rain〉. 그중에서도 압권은 부활의 이승철이 부른 〈희야〉였다. 노랫말에 비에 관한 이야기는 나오지 않지만, 도입 부분에 들리는 빗소리가 감성의 촉매 구실을 단단히 했다. 음악에 담긴 빗소리가 그렇게도 큰 울림을 주는지 몰랐다. 그냥 창밖으로 들리는 빗소리와는 또 다른 느낌이었다. 노래가 끝나면 전주 부분의 빗소리를 다시 들으려고 끝도 없이 반복 재생하면서 지겨울 때까지 듣고 또 들었다.

비 오는 날을 좋아하는 나였지만, 사실 인도에 가서 살기 전까지는 비가 그렇게 중요하고 아름다운 것이라고는 생각하지 않았다. 우리나라에 있을 때 비는 마냥 고마운 존재라기보다 등굣길이나 출근길을 번거롭게 하는 귀찮은 것이기도 했다. 그러나 열 달 내내 비 한 방울 내리지 않는 인도에 살면서 그동안 누린 우리나라의 사계절이 얼마나 고마운 것이었는지 깨달았다. '옷깃만 스쳐도 인연'이라는 말을 '옷깃만 스쳐도 먼지 풀풀'이라는 말로 대체해야 할 만큼 뉴델리는 건조했다. 건조한 날씨는 사람의 감정마저 쩍쩍 갈라지는 논바닥처럼 메마르게 했다. 비가 그리웠다. 천둥을 동반한 비든, 보슬보슬 내리는 봄비든, 추적추적 내리는 가을비든, 내려만 준다면 얼마나 좋을까.

인도에서 서울로 돌아온 것은 3월 말이었다. 어느 정도 주변 정리가 되고 나서 봄비가 내리던 날, 그 충만한 습기에 나도 모르게 그만 감동하고 말았다. 우산 쓰고 장화 신고 타박타박 아파트 주변을 한 시간 넘게 걸어 다녔다. 그렇게 행복할 수가 없었다. 내리는 빗물을 마시고 다시 태어나는 듯한 나무들, 촉촉한 공기를 타고 번지는 흙 내음, 그 향기가 온몸으로 퍼지면서 나도 자연의 일부가 되어 살아 숨 쉬고 있다는 느낌. 그렇게 걷다가 바깥 풍경이 잘 보이는 카페에 앉아 커피 한 잔을 마시니 세상 부러울 것이 없었다.

히말라야 언저리 심라에 갔을 때 비를 만났다. 그 반가움이란.
심라는 우리나라 강원도와 비슷한 느낌이 드는 산악지대였다.
비가 오고 안개가 낀 풍경에 마음이 편안하게 젖어들었다.
'천지에 자욱한 가랑비 내리니 아 이 적막강산에 살고 싶어라.'

만파식적 — 남편에게

김승희

더불어 살면서도
아닌 것같이,
외따로 살면서도
더불음 같이,
그렇게 사는 것이 가능할까? ……

간격을 지키면서
외롭지 않게,
외롭지 않으면서
방해받지 않고,
그렇게 사는 것이 아름답지 않은가? ……

두 개의 대나무가 묶이어 있다
서로간에 기댐이 없기에
이음과 이음사이엔
투명한 빈자리가 생기지,
그 빈자리에서만
불멸의 금빛 음악이 태어난다

그 음악이 없다면
결혼이란 악천후,
영원한 원생동물처럼
서로 돌기를 뻗쳐
자기의 근심으로
서로 목을 조르는 것

더불어 살면서도
아닌 것같이
우리 사이엔 투명한 빈자리가 놓이고
풍금의 내부처럼 그 사이로는
바람이 흐르고
별들이 나부껴,

그대여, 저 신비로운 대나무피리의
전설을 들은 적이 있는가? ……
외따로 살면서도
더불음 같이

죽순처럼 광명한 아이는 자라고
악보를 모르는 오선지 위로는
자비처럼 서러운 음악이 흘러라……

스트레스 총량
불변의 법칙

내가 결혼한다고 했을 때 친구들은 하나같이 똑같은 반응을 보였다. "정말? 나는 네가 결혼 안 할 줄 알았는데……." 주변 사람들이 놀라는 것도 당연했다. 어릴 적부터 나는 자기주장이 정말 강한 사람이었다. 그 때문에 친구들은 물론 나 자신도 내가 결혼을 하더라도 친구들 중에 제일 마지막에 할 줄 알았다. 그랬는데 서른도 안 돼서 결혼하겠다고 선언했으니 모두가 놀랄 수밖에 없었다. 중고등학교 시절 나는 독신주의자였다. 이성적이고 이상적인 일들에 최고의 가치를 두던 때였으니 결혼 같은 현실적인 일은 생각조차 할 수 없는 일이었다. 그러나 이 세상의 3대 거짓말 가운데 하나가 '처녀가 결혼 안 하겠다는 소리'라니 나도 변명의 여지는 있다.

내가 결혼 안 하겠다고 결심한 가장 큰 이유는 주변에서 행복하게 사는 부부를 단 한 쌍도 본 적이 없었기 때문이다. 가부장적인 남녀 관계를 당연하게 여기던 사회에서 결혼이야말로 그 불평등의 정점에 해당하는 제도로 보였다. 남녀평등을 보여 주는 지표는 여러 가지가 있겠지만, 내가 생각하는 확실한 기준은 직업의 평준화다. 어쩌다가 부모 잘 만나서 출세하는 경우나, 태어날 때부터 워낙 똑똑해서 성공하는 몇 명의 여자들이 있는 사회가 아니라, 고위 공무원의 50%, 일반 회사 고위직의 50%가 여자로 채워지는 것이 가능해야 진정 평등한 사회라고 생각한다. 그 외 다른 것은 '무늬만 평등'일 뿐이다. 내가 꿈꾸는 평등한 세상은 언제쯤이나 가능할까?

하지만 세상이 이토록 불평등하다고 해서 정말로 결혼을 안하고 살 수는 없었다. 나는 아무 대책 없이 결혼했고, 그와 동시에 끊임없는 의문을 품으며 살아야 했다. 결혼한 여자의 현실은 예상보다 더 험난했다. 현실과 이상의 괴리를 어떻게 하나하나 다 설명할 수 있을까. 어르신들이 흔히 하는 말대로 '책 한 권을 써도 그 이야기는 다 못 끝낼판'이다.

어쨌든 나는 수많은 생각을 거듭하다가 한 가지 법칙을 발견했다. 이름하여 '스트레스 총량 불변의 법칙'이다. 결혼을 해서 받는 스트레스와 안 해서 받는 스트레스의 총량은 같다. 단지 스트레스의 종류가 다를 뿐이다. 그러므로 자기 성격상 어떤 종류의 스트레스를 잘 견딜 수 있느냐를 파악하는 것이 중요하다. 결혼 초에는 결혼으로 말미암아 생기는 불합리한 일들만 보여 후회가 물밀 듯이 밀려왔다. 하지만 시간이 지남에 따라 만약 결혼을 안 했다면 어떤 스트레스를 받고 있을지

짐작할 수 있게 되면서 현재의 스트레스를 견딜 인내심을 갖게 되었다. 더불어 '간격을 지키면서 외롭지 않게, 외롭지 않으면서 방해받지 않고, 그렇게 사는' 법을 차츰 익히자, 결혼 생활에 음악이 흐르는 날이 생기기 시작했다.

어느 일요일 아침, 리틀 베니스에 있는 카페에서
느긋하게 신문을 읽으며 커피 마시는 두 분을 보았다.
마치 나의 할아버지, 할머니처럼
두 분이서 같이 있는 듯, 따로 있는 듯
아침 시간을 보내는 모습이 인상적이었다.
흩어져 가는 구름이 비치는 커피 테이블 옆에 앉아
끼니에 얽매이지 않고, 시간에도 구애받지 않으며
인생을 충분히 즐기는 여유.
가깝지도 않고 멀지도 않게 앉아서
그저 같은 시간과 공간을 공유하는 것으로 만족하는 듯한
두 분의 모습이 보기 좋았다.

슬픔으로 가는 길

정호승

내 진실로 슬픔을 사랑하는 사람으로
슬픔으로 가는 저녁 들길에 섰다.
낯선 새 한마리 길 끝으로 사라지고
길가에 핀 풀꽃들이 바람에 흔들리는데
내 진실로 슬픔을 어루만지는 사람으로
지는 저녁 해를 바라보며
슬픔으로 걸어가는 들길을 걸었다.
기다려도 오지 않는 사람을 기다리는 사람 하나
슬픔을 앞세우고 내 앞을 지나가고
어디선가 갈나무 지는 잎새 하나
슬픔을 버리고 나를 따른다.
내 진실로 슬픔으로 가는 길을 걷는 사람으로
끝없이 걸어가다 뒤돌아보면
인생을 내려놓고 사람들이 저녁놀에 파묻히고
세상에서 가장 아름다운 사람 하나 만나기 위해
나는 다시 슬픔으로 가는 저녁 들길에 섰다.

마음껏 슬퍼할
자유

　　마법처럼 신기한 단어들이 있다. '사랑' 하고 조용히 말해
보면 얼굴에 잔잔한 미소가 지어지고, '슬픔' 하고 힘없이 말해 보면 눈
가에 벌써 슬픔이 묻어난다. 살면서 슬픔이라는 감정을 단 한 번도 느껴
보지 않은 사람은 없을 것이다. 잔잔한 슬픔, 화나는 슬픔, 눈물 나는 슬
픔, 절망적인 슬픔 등 그 느낌도 가지가지다. 처음에는 아무 생각 없이
슬펐다가 점점 화가 치미는 경우도 있고, 시작은 걷잡을 수 없는 분노였
다가 나중에는 자기 연민에 빠져 슬퍼지기도 하는, 그런 이상한 감정의
소용돌이 속에 슬픔이 자리 잡고 있다.

　　슬플 때 사람들은 어떻게 할까? 저마다 다른 치유책이 있을
것이다. 식구들의 숨소리까지 들리는 좁디좁은 집에 온 가족이 모여 살
던 때가 있었다. 혼자만의 공간이 전혀 없던 그 시절에는 슬퍼도 슬픈
내색을 할 수 없었다. 내 감정을 들키고 싶지 않았기 때문이다. 그래서
나는 슬픔을 느낄 때 이어폰을 끼고 워크맨의 볼륨을 한껏 높여 노래에
빠져들거나, 밖으로 나가 무작정 길을 걸었다. 그렇게 마포대교를 건너
다가 검문검색하는 의경의 장난에 놀라기도 했고, 추운 날 멋모르고 제
3 한강교를 걷다가 동사(凍死) 직전까지 간 적도 있다.

그랬던 나에게 요즘 아주 좋은 공간이 생겼다. 자동차 안이다. 세상과 격리되어 나 혼자 있을 수 있는 그곳에서는 마음껏 슬퍼할 수 있다. 차 안에서는 큰 소리로 울어도 누구 하나 신경 쓰이지 않는다. 나의 자동차 안은 그 누구의 눈치도 볼 것 없는, 나만의 치외법권 지역이다. 자동차 안에서 실컷 슬퍼하고 나면 '진실로 슬픔을 어루만지는 사람'이 되어 나를 슬프게 하던 그 일을 조금 내려놓을 용기도 생긴다.

아침 산책길에 이 자동차를 보자마자 묘한 기분에 사로잡혔다.
그늘에 숨어 있는 조그마한 녀석이 꼭 나의 분신 같았다.
당당한 척하면서도 사실은 자신감이 없어
세상에서 살짝 비켜서고 싶어하는 내 모습.

지상에서 가장 평화로운 공간,
자동차 안에서 나는 안도감을 느낀다.

슬픔이 기쁨에게

정호승

나는 이제 너에게도 슬픔을 주겠다.
사랑보다 소중한 슬픔을 주겠다.
겨울밤 거리에서 귤 몇개 놓고
살아온 추위와 떨고 있는 할머니에게
귤값을 깎으면서 기뻐하던 너를 위하여
나는 슬픔의 평등한 얼굴을 보여주겠다.
내가 어둠 속에서 너를 부를 때
단 한번도 평등하게 웃어주질 않은
가마니에 덮인 동사자가 다시 얼어 죽을 때
가마니 한장조차 덮어주지 않은
무관심한 너의 사랑을 위해
흘릴 줄 모르는 너의 눈물을 위해
나는 이제 너에게도 기다림을 주겠다.
이 세상에 내리던 함박눈을 멈추겠다.
보리밭에 내리던 봄눈들을 데리고
추위 떠는 사람들의 슬픔에게 다녀와서
눈 그친 눈길을 너와 함께 걷겠다.

슬픔의 힘에 대한 이야기를 하며
기다림의 슬픔까지 걸어가겠다.

슬픔의 힘이
기쁨보다 세다

런던 유학 시절, 주로 현지인들이 이용하는 어느 시장에서 지갑을 도둑맞은 일이 있다. 먼 타국에서 소매치기를 당한 것도 서러운데, 날씨마저 스산하여 온몸에 한기가 느껴졌다. 터덜터덜 힘없이 시장을 걸어 나오다가 모자 파는 노점을 보았다. 모자라도 하나 쓰면 한기가 조금 가시겠거니 생각하자, 문득 모자 하나 살 수 없는 내 형편이 서글퍼졌다. 그 와중에 하필이면 마음에 드는 모자까지 눈에 띄는 것이 아닌가. 나는 주머니를 탈탈 털어 남은 돈이 얼마나 되는지 확인했다. 그런 다음 모자 파는 아주머니에게 부탁했다. "불쌍한 유학생이니 좀 깎아 주세요." 그러자 아주머니는 자기 신세가 더 불쌍하다고 대답했다. 아이가 다섯인데, 남편이 도망가 버려서 혼자 키우고 있다는 것이었다. 그리고 이렇게 먼 나라로 유학 올 정도면 너는 그리 가난한 것도 아니니 깎아 줄 수 없다는 말도 덧붙였다. 나는 다시 흥정을 시도했고, 결국 우리는 적당한 선에서 타협했다.

그날 일을 다시 떠올려 보니 요즘 유행하는 말로 참 '웃픈(웃기면서 동시에 슬픈)' 장면이었다는 생각이 든다. 서로의 서글픈 처지를 확인하며 흥정을 하다니……. 어쨌거나 타협에 성공했으니 우리는 '슬픔의 평등한 얼굴'을 보았다 할 수 있을까? 살다 보면 슬픔이 사랑보다 소중할 때가 있다. 나의 기쁨으로 말미암아 상대방이 슬픔을 느낀다면 그것은 참으로 철없는 기쁨이다. 타인의 슬픔을 헤아려 배려할 수 있을 때, 그 슬픔은 진정 사랑보다 소중한 것이 된다.

'사랑보다 소중한 슬픔'

돌이켜 보면 나를 성장하게 한 것은 사랑의 기쁨이 아니라 '슬픔의 힘'이었다. 너무 상투적인 표현이지만 사실이다. 이기적이고 좁은 내 자아를 둥글고 넓게 만들어 준 것은 슬픔 뒤에 오는 깨달음이었다. 슬픔에는 치유의 힘이 있다. 이 세상도 그렇다. 슬픔을 알고 난 뒤에 변한다. 행복은 슬픔이라는 나무에 열리는 다디단 열매다. 슬픔이라는 고통의 나무가 없다면 빛깔 고운 행복의 열매는 존재하지 않을 것이다.

슬픈 처지를 내세워 모자 값을 깎으려는 나,
나보다 더 서글픈 처지라 깎아 줄 수 없다는 아주머니.
우리는 그렇게 서로의 슬픔을 확인하며 값을 흥정했다.

유난히도 한기가 파고들던 런던의 겨울을
그때 산 모자 덕분에 따뜻하게 보냈다.
그 모자는 10년이 넘은 지금도 내 방 한켠에 자리 잡고 있다.

이민 가는 자를 위하여

정호승

이민 가는 자를 위하여 이 가을에
나는 결코 손을 흔들지 않았다.
누운 풀들이 일어서지 않은 들녘 너머로
어제 진 반달이 떠오르기 전에
서둘러 무심히 떠나는가는 자를 위하여
나는 결코 눈물을 흘리지 않았다.
떠나보내는 친구와 친척들을 바라보며
한마리 귀뚜라미처럼 울고 말았을 뿐
이민 가는 자의 꿈을 위하여 이 가을에
나는 결코 간절히 기도할 수 없었다.
그들의 새벽은 이제 우리들의 새벽이 아니므로
그들의 가슴에 떠오른 새벽별은
이제 우리들의 새벽하늘에 빛나지 않으므로
그들이 사라지는 가을 하늘을 바라보며
이제는 누가 남을 것인가 이 가을에
쓰러졌다 일어서는 들풀을 따라
나는 결코 손을 흔들며 울 수 없었다.

이민에 관한
환상이 있었다

이민은 커다란 나무를 옮겨 심는 것과 같다. 이미 자랄 대로 자란 나무를 옮길 때, 수없이 많은 잔뿌리는 다 없애 버리고 생존에 꼭 필요한 굵은 뿌리만 남겨 둔다. 그리고 영양분 손실이 없도록 그 뿌리를 단단히 동여맨 다음, 낯선 땅으로 옮겨 힘들게 다시 심는 것이다. 그 나무가 새로운 땅에 잔뿌리를 촘촘히 내리고 가지 끝 잎사귀까지 제대로 영양을 공급하기까지는 기나긴 인고의 시간이 필요하다.

우리 시대에는 이민 간 사람들이 동경의 대상이 되기도 했다. 미국으로 대표되는 이민은 신세계를 향한 도전이고 모험이었다. 특히나 1989년 법적으로 해외여행이 자유로워지기 전에는 외국에 가는 것이 특권층이나 가능한 일이었다. 미국에 이민 가서 성공한 사람들의 이야기는 수많은 사람에게 아메리칸 드림을 심어 주기에 충분했다. 그러다가 여행 자유화가 본격적으로 시작되고 우리나라 경제가 발전하면서 이민 열풍도 수그러들었다.

나 역시 이민에 관한 환상이 있었다. 그런 내게 런던, 싱가포르, 뉴델리에서 살아 볼 기회가 생겼다. 그런데 막상 외국에서 살아 보니 일상적인 생활을 영위하기에는 우리나라가 최고라는 생각이 든다.

외국에 살면 살수록 그런 생각이 점점 더 확고해졌다. 누군가에게 외국 생활에 관해 이야기할 일이 있을 때, 내가 꼭 하는 말이 있다. 살기는 그냥 우리나라에서 살고, 외국으로는 여행만 자주 갔으면 좋겠다고. 어느덧 성장이 멈춰 버릴 만큼 다 자란 나무가 낯선 땅에 옮겨져 다시 뿌리를 내리려면 셀 수 없이 많은 잔가지를 미련 없이 쳐내야 한다. 그렇게 익숙한 것들을 버리고 새로운 땅에 적응하는 일은 절대로 만만치 않다.

첫 해외여행 때만 해도 김포공항에서 비행기를 탔는데,

10여 년이 지나자 국제선은 대부분 인천공항에서 출발하게 되었다.

놀랍게 발전한 공항은 미래에서 온 우주선의 모함을 연상케 했다.

수십 개의 통로 중 하나를 통과해 비행기를 타면

저 멀리 미지의 세계로 데려다주는 것이 똑같다.

다만, 우주가 아니라 지구를 비행한다는 것이 다를 뿐.

사진을 나누어 주면서

조병화

묵은 앨범에서 하나 하나
사진을 나누어 주면서
이건 너희들에게
너희들의 역사를 돌려 주는 거다
너희들은 그렇게 생애를 시작한 거다
또 그렇게 성장한 거다
또 그렇게 우리들은 같이
한 집에서
부모, 형제, 자매로의 인연으로
이 세상을 살아왔던 거다
이제 서로 헤어질 날이 멀지 않은
지금
이건 너에게
이건 너에게
주노니, 오래 간직해서
너의 역사를 엮어 가면서
또한 새로 새로 새로운 것들을 보태 가며
한 인간의 생애

단단하게, 후회없이 살아 주길 바라는 거다
참으로 까마득한 옛날이로구나
그런 때도 있었구
그런 때도 있었구
그런 때도 있었구나

가난했을 때
곤란했을 때
내 인생이 캄캄했었을 때
너희들을 암담하게 했었을 때
참으로 미안했었다
지금, 이 사진들 나눠 주면서
그 미안, 심장의 눈물이다

너희들이 꼬마시절, 우리는
참혹한 6.25동란을 겪었다
이 사진이 그거
저 사진이 그거

용케도 남아 있는 이 사진들
참으로
용케도 살아 왔다

이제, 언제 어떻게
어떠한 작별이 오더라도
쉽게 헤어질 수 있겠지
그게 인생의 인연이니까
그 마음을 길러 가는 거다.

내 사후에
저작권은 없다

고등학교 2학년 어느 날, 85번 버스를 타고 지금은 사라진 청계 고가 아래를 지나고 있었다. 그때 거리의 뿌연 먼지 사이로 부서지는 오후 햇살이 그렇게 아름다울 수가 없었다. 저 빛을 영원히 잡을 수 있으면 좋겠다고 생각했다. 그것이 내 사진 인생의 시작이었다. 그때는 아주 막연했다. 사진가로 살게 될 것을 예상하지도 못했다. 그저 그 순간 자연과 도시의 매연 사이에 놓인 여러 줄기 빛이 절대적인 아름다움으로 다가왔을 뿐이다.

그러다가 결정적으로 사진을 배우겠다고 마음먹은 것은 처음으로 해외여행을 다녀온 뒤였다. 여행 가서 본 필리핀의 바다와 내가 찍어 온 사진 속의 바다는 달라도 한참 달랐다. 열대 바다가 그렇게 신비한 줄 모르고 있다가 두 눈으로 직접 보았을 때, 아! 그 감동은 바다의 깊이보다 더 깊게 내 가슴속에 들어왔다. 그런데 사진은 그 감동을 전혀 담아내지 못하고 있었다. 그래서 결심했다. 사진을 배우자. 나는 본 것을 본 대로 찍기만 해도 좋겠다는 바람으로 사진 수업을 들었다. 시작은 그렇게 단순했다. 하지만 사진이라는 씨앗은 점점 거목으로 자라나 내 마음속에 깊이 뿌리내리게 되었고, 마침내 나는 런던으로 사진 공부를 하러 떠났다.

시인은 삶을 마감하는 시점에서 사진을 나누어 주며 상념에 잠긴다. 사노라면 이렇게 사진을 정리하게 되는 때가 두 번 온다. 한 번은 결혼을 앞두고 있을 때, 또 한 번은 죽음을 염두에 두고 있을 때다. 결혼 전, 부모님과 함께 사진을 꺼내 보며 지나온 삶의 퍼즐을 맞추는 일은 비교적 단순하다. 인생 전반전, 기념일이나 행복한 순간에 찍은 사진이 대부분이므로 그중에 내가 간직하고 싶은 사진을 골라 가져가면 그만이다. 그러나 후반전의 퍼즐 맞추기는 전혀 다른 이야기가 된다. 사진을 꺼내 가져갈 수 없기 때문이다. 더는 존재하지 않을 내 모습을 사진 속에 남겨둔 채 떠나야 한다. 그렇게 삶을 정리하는 순간에 '묵은 앨범에서 하나 하나 사진을' 꺼내 보며 일생을 돌아보는 기분은 어떨까? 회한이 밀려올 수도 있을 테고, 그저 담담한 마음일 수도 있을 것이다. 죽음이 언제 어디서 손짓할지 모르니, 죽음을 맞이하기 전에 사랑하는 사람들에게 사진을 나누어 주며 지난날을 추억할 수 있다면, 그것만으로도 복된 인생이라 할 수 있지 않을까?

사진가로 살고 있는 내게는 사진을 정리하는 것 말고도 숙제가 하나 더 있다. 내 영혼의 대변자인 사진 작품을 나누어 주는 일이다. 나는 이 책을 쓰면서 생각해 보았다. 내 사진을 어떻게 나누어 줄 것인가. 개그맨 전유성의 '배워서 남 주자.'는 말에 크게 감동한 적이 있다. 배운 것을 나누는 일도 사회에 이바지하는 길임을 깨달은 계기였다. 내 사진도 마찬가지다. 나를 지탱해 온 분신 같은 사진이지만, 남에게 기쁨이 된다면 기꺼이 주고 싶다. 지금 나는 이 지면을 빌려 공표한다. 상업적인 용도가 아니라면, 내 사후에 저작권은 없다.

사진작가 줄리아 마거릿 캐머런의 생가에 있는 카메라다.
48세에 처음으로 자기 카메라를 가진 그녀는
아이를 잃고 가족과 떨어져 지내는 고통을
이 카메라와 함께 이겨냈다.

줄리아 마거릿 캐머런이 그랬듯이
나에게도 사진은 세상을 피해서 세상과 소통하는 수단이다.
카메라는 참으로 내 성정에 딱 맞는 도구다.

사랑하는 딸에게

서현아, 송도에서 서울로 이사한 뒤 엄마는 이 책을 쓰기 시작했어. 너는 학교를 옮겨야 하는 일생 최대의 고비를 겪어야 했고. 전학 간 첫날, 수업이 끝나기를 초조하게 기다리던 엄마에게 너는 새로 사귄 친구를 소개해 주었지. 그때 엄마는 네가 새 학교에 충분히 적응했다고 생각했단다. 하지만 그건 엄마의 착각이었던 것 같아. 올 한 해, 우리가 무수한 언쟁을 한 것을 보면 말이야. 나중에 생각해 보니 너는 엄마가 짐작한 것보다 훨씬 더 힘들게 적응 기간을 거친 것 같더구나.

네가 세상에 태어나 아주 아기였을 때는 그저 작은 화분에 심어 두고 애지중지 키우면 되었어. 하지만 점점 뿌리가 자라서 화분이 작게 느껴지기 시작했지. 그래서 엄마는 분갈이를 해주면서 조금씩 네 힘으로 크도록 도와주었어. 화분이 커지면 예전처럼 자주 물을 줄 필요가 없단다. 흙이 많아진 덕분에 물이 좀 부족하거나 넘쳐도 스스로 조절할 수 있게

되거든. 그런데 너는 어느덧 그 화분마저도 좁다며 제대로 땅에 뿌리내리고 싶어 하는구나. 서현아, 야생의 땅은 넓은 만큼 위험도 많아. 요즘 너는 주변의 다른 나무와 경쟁하면서, 처음 보는 알 수 없는 벌레의 침입까지 겪으며 뿌리를 내리려 애쓰고 있지. 그런 너에게 엄마는 다른 나무가 비집고 들어올 때는 어떻게 해야 햇빛을 많이 받을 수 있는지, 벌레가 기어 올라오면 어떤 성분을 내뿜어야 네 몸을 지킬 수 있는지 일일이 알려주고 싶었어. 엄마 눈에는 아직도 네가 혼자 서기 어려운 작은

나무로 보이거든. 그래서 성긴 울타리라도 만들어 너를 지키려고 노력했는데, 너는 그 울타리마저 넘어 홀로 서고 싶어 하지. 그래서 엄마는 또 고민이야. 세상의 잣대로 보아도 네게는 아직 튼튼한 울타리가 필요하기에 무조건 네가 원하는 대로 울타리를 철거할 수는 없어. 대신 좁은 땅에 가두지 않고 최대한 넓게 네 보호막이 되어 주려 해. 어쨌거나 태풍이 몰아치는 벌판에 널 혼자 세워 둘 수는 없으니까.

서현아, 큰 나무는 세상에 많은 이로움을 준단다. 네가 학교에서 배운 것처럼 산소를 뿜어내 공기를 정화하고, 물을 저장해 홍수를 예방하지. 언젠가 너도 커다란 나무로 자라 많은 사람에게 도움이 될 거라고 엄마는 믿는다. 하지만 세상 그 어떤 나무도 처음부터 아름드리나무는 아니었어. 모두 하나의 씨앗에서 출발해 그렇게 자란 것이지. 작은 씨앗이 큰 나무로 자라는 동안 힘든 일이 얼마나 많았겠니. 마음 같아서는 네게 닥칠 어려움을 엄마가 다 막아 주고 싶지만, 그건 네가 원하지도 않을 것이고, 현실적으로 그렇게 해 줄 수도 없다는 걸 엄마도 너도 잘 알고 있어. 그러니 엄마는 한 발짝 떨어진 곳에서 너를 응원할게. 혹시 엄마의 도움이 필요할 땐 언제든 손을 내밀어 주렴. 서현아, 아무리 힘든 일이라도 차근차근히 하다 보면 그 끝이 보인단다. 이 단순한 진리를 명심하고 최선을 다해 자유롭게 뿌리를 내리고 빛을 향해 가지를 뻗어 가려무나. 그러다 보면 지나간 모든 순간을 아름답게 추억할 날이 올 거야.

(이 책을 전학으로 힘들어하는 아이들과 어머니들에게 바치고 싶다.)

| 시집 목록 |

곽재구, 《사평역에서》, 창비

기형도, 《입 속의 검은 잎》, 문지

김승희, 《왼손을 위한 협주곡》, 문학사상사

김현승, 《가을의 기도》, 시인생각

신동엽, 《누가 하늘을 보았다 하는가》, 창비

오규원, 《사랑의 기교》, 민음사

이형기, 《낙화》, 시인생각

장석주, 《햇빛사냥》, 고려원

정현종, 《고통의 축제》, 민음사

정호승, 《슬픔이 기쁨에게》, 창비

조병화, 《머나먼 약속》, 현대문학사

황동규, 《삼남에 내리는 눈》, 민음사

(곽재구의 〈땅끝에 와서〉는 저자가 어느 잡지에서 보고 옮겨 적어 두었던 것인데, 정확히 어디에 수록된 작품인지는 알아내지 못했다.)

추억 앨범

Versailles, 2004

기다림
11 × 14inch, Gelatin Silver Print

London, 1997

산책
11 × 14inch, Digital Print

London, 1998

편지
11x14inch, Digital Print

London, 1997

킹스크로스 기차역
11 × 14inch, Digital Print

Isle of Wight, 2003

줄리아의 바다
11 × 14inch, Gelatin Silver Print

Stirling, 2003

스털링
11 × 14inch, Gelatin Silver Print

Versailles, 2004

나무
11 × 14inch, Gelatin Silver Print

Lake District, 2003

정원의 빛
11 × 14inch, Gelatin Silver Print

London, 1997

거울
11 × 14inch, Digital Print

London, 1997

그림 속의 남자
11 × 14inch, Digital Print

Rome, 2003

공원의 아침
11 × 14inch, Gelatin Silver Print

Brighton, 1997

해변을 걷다
11 × 14inch, Digital Print

추억 앨범

London, 1997

음악을 듣다
11×14inch, Gelatin Silver Print

London, 2003

햇빛사냥
11×14inch, Gelatin Silver Print

Edinburgh, 2003

페이 고드윈
11×14inch, Gelatin Silver Print

London, 1997

꽃
11×14inch, Gelatin Silver Print

London, 2003

시간의 흐름
11×14inch, Gelatin Silver Print

London, 1997

비 온 뒤
11×14inch, Digital Print

London, 1997

에든버러 성
11×14inch, Gelatin Silver Print

London, 1997

카페에서
11×14inch, Digital Print

London, 1997

시용 파크
11×14inch, Digital Print

London, 1997

켄우드 하우스
11×14inch, Digital Print

London, 2003

묘비명
11×14inch, Gelatin Silver Print

London, 1997

맥도널드 앞에서
11×14inch, Digital Print

Versailles , 2004

앗제의 화분
24×24inch, Gelatin Silver Print

London, 1997

폭풍 전야
11×14inch, Digital Print

London, 1997

마음을 열다
11×14inch, Gelatin Silver Print

India, 2009

빗소리
11×14inch, Digital Print

London, 1997

리틀 베니스
11×14inch, Digital Print

Rome, 2003

산책길에서
11×14inch, Gelatin Silver Print

London, 1997

모자를 쓴 여인
11×14inch, Digital Print

Incheon, 2003

공항 터미널
11×14inch, Gelatin Silver Print

Isle of Wight, 2003

어둠 속의 카메라
11×14inch, Gelatin Silver Print

London, 1997

햄프턴 코트 정원
11×14inch, Gelatin Silver Print

> 런던에서 지내는 동안 나는 종종 기형도의 시구처럼
> '저녁 거리마다 물끄러미 청춘을 세워두고 살아온 날들을
> 신기하게 세어 보았'다. 그렇게 나를 알아가던 시간이
> 사진 공부보다 더 값진 일이었음을 이제 안다.

시로 추억하는 젊은 날

거기, 외로움을 두고 왔다

초판 1쇄 인쇄 2016년 3월 8일
초판 1쇄 발행 2016년 3월 15일

지은이   현새로

펴낸이   현경미
책임편집   박미경
디자인   VORA design
인쇄   애드플랫홈

펴낸곳   길나섬
주소   서울시 강남구 봉은사로 44길 68
전화번호   070-8910-3345
전자우편   gilnasumbooks@naver.com
출판등록   2014년 5월 8일 제2014-000009호

ISBN 979-11-952888-3-0 03800
값 15,000원

* 이 도서의 국립중앙도서관 출판예정도서목록(CIP)은
서지정보유통지원시스템 홈페이지(http://seoji.nl.go.kr)와
국가자료공동목록시스템(http://www.nl.go.kr/kolisnet)에서
이용하실 수 있습니다.(CIP제어번호: CIP2016006364)